湖南省哲学社会科学䇅 　　　　　　成果
湖南科技学院 2022 年校级科研一般项目成果

中华文化自信观照下葛浩文英译莫言小说研究

◎ 翟晓丽　著

吉林大学出版社
·长春·

图书在版编目（CIP）数据

中华文化自信观照下葛浩文英译莫言小说研究 / 翟晓丽著 .— 长春：吉林大学出版社，2022.12
ISBN 978-7-5768-0862-9

Ⅰ．①中⋯ Ⅱ．①翟⋯ Ⅲ．①中国文学－文学翻译－研究－美国②莫言－小说－英语－文学翻译－研究 Ⅳ．① I046 ② I207.42

中国版本图书馆 CIP 数据核字（2022）第 195218 号

书　　名：中华文化自信观照下葛浩文英译莫言小说研究
ZHONGHUA WENHUA ZIXIN GUANZHAO XIA GE HAOWEN YINGYI MO YAN XIAOSHUO YANJIU

作　　者：翟晓丽　著
策划编辑：邵宇彤
责任编辑：王默涵
责任校对：杨　平
装帧设计：优盛文化
出版发行：吉林大学出版社
社　　址：长春市人民大街 4059 号
邮政编码：130021
发行电话：0431-89580028/29/21
网　　址：http://www.jlup.com.cn
电子邮箱：jldxcbs@sina.com
印　　刷：三河市华晨印务有限公司
成品尺寸：170mm×240mm　　16 开
印　　张：9.75
字　　数：160 千字
版　　次：2023 年 1 月第 1 版
印　　次：2023 年 1 月第 1 次
书　　号：ISBN 978-7-5768-0862-9
定　　价：58.00 元

版权所有　　翻印必究

前　言

　　截至目前，葛浩文英译莫言小说与海外接受的相关研究论文与专著数量不菲，为响应时代主题号召，彰显中华文化自信，讲好中国故事，本著作锦上添花，希望能够通过更加深入、细致、系统地分析莫言小说的成功译本，为我国更多优秀文学作品的翻译提供借鉴。

　　本书从中华文化自信视角出发，以葛浩文翻译莫言小说为个案，探讨葛浩文对莫言小说英译的特点、翻译策略与技巧，探讨译者葛浩文所具有的中华文化观对莫言小说中文化负载词或文化专有项英译的影响。同时，本文重点研究葛浩文作为中华文化传播使者，其具有的中国文化自觉、中国文学和文化自信在中国文学创造性翻译过程中是如何体现的，即充分论证葛浩文的创造性翻译（creative translation），进而剖析中国文学到底应该如何"走出去"，从而提高国家文化软实力。

　　本书基于莫言小说分析葛浩文的翻译观，旨在厘清中国文学翻译的未来发展方向，摒弃传统的以语言转换为主导的翻译观，避开小说译本在国外出版的潜规则。同时，本书鼓励国内外译者与中国文学作者相互沟通和交流，使更多热爱中国当代文学的译者考虑读者的期望和反应范围的同时，增进对中华文化的自觉和自信，积极地投入到中国文学译介中，使中国文学走出去，为世界文学注入新鲜血液，完成中国文化与文学的伟大复兴。

　　在此衷心感谢我的研究生导师郑延国教授和博士生导师 Beverly Caiga 博士对该书的批评指正。这项工作得到了湖南省哲学社会科学规划办公室资助（项目编号：17yba185）。本文所表达的观点仅代表作者个人观点，任何不当之处与湖南科技学院外国语学院无关。

目　录

第一章　葛浩文英译莫言小说研究现状 001

第二章　中华文化自信与翻译研究 013

第三章　葛浩文的翻译观 023

第四章　《生死疲劳》之葛浩文英译本解读 035

　　第一节　中华文化自信视角下《生死疲劳》的人名翻译解读 037

　　第二节　中华文化自信视角下《生死疲劳》中文化负载词的解读 042

　　第三节　跨文化视角下《生死疲劳》中的方言英译策略 056

　　第四节　葛浩文英译《生死疲劳》之适应与选择 068

第五章　《红高粱》之葛浩文英译本解读 073

　　第一节　《红高粱》中的人名翻译解读 075

　　第二节　《红高粱家族》英译本中避讳语的翻译解读 078

　　第三节　葛浩文英译《红高粱家族》中政治词汇的翻译策略探析 087

第六章 《檀香刑》之葛浩文英译本解读 101

第一节 生态翻译理论观照下《檀香刑》中的方言英译研究 103

第二节 功能对等理论下《檀香刑》中文化负载词的英译解读 112

第三节 汉学者石江山对《檀香刑》中的声音词研究 126

第七章 葛浩文的翻译对中国文学走出去的启示 129

结 语 139

参考文献 141

第一章　葛浩文英译莫言小说研究现状

莫言，2012年诺贝尔文学奖的获得者，受到国内外读者的喜爱和关注。其小说富含地域文化和传统的中国文化，因此研究莫言小说译介中的文化翻译实践对中国现当代文学作品"走出去"，提升国家文化自信，彰显中国文化自信力具有非常重要的意义。

自折桂诺贝尔文学奖以来，莫言本人、作品以及相关译者在国内外备受关注，而其英文翻译的功臣葛浩文也深受国内外关注，引发了葛浩文热。

一、国内外对莫言小说英译及葛浩文文学翻译观的研究

国外对葛浩文进行研究时运用Mendeley文献查阅软件，以"Howard Goldblatt""English translation of Moyan"为关键词进行文献搜索、统计分析，搜索结果有151篇文章，而如果使用Google Scholar查阅文献，则搜到的文献数量会更大、范围会更广，原因是很多相关文献有关联，其中葛浩文的译著囊括在内。具体学术文章内容范围包括葛浩文对中国文学的研究，翻译家对葛浩文翻译观的采访，葛浩文的自我采访，以及学者对葛浩文的翻译作品的评论等。

在国内部分研究中，资料收集最为方便快捷的方法当数利用中国知网和中国万方两大电子学术数据库，笔者键入"葛浩文"关键字，总计的1702篇相关文章。数据显示，对莫言小说英译的研究始于1994年，以学者梁丽芳发表的《海外中国当代文学的英译选本》为标志。

前人对葛浩文英译莫言小说的研究高峰主要集中在莫言获诺贝尔奖之后4～5年的时间里，即2013—2017年。从时间上看，国内对葛浩文的研究最早始于1980年。2010年以前对葛浩文进行的研究很少，真正从翻译角度出发对葛浩文研究始于2005年，以张耀平发表在翻译权威期刊《中国翻译》上的《拿汉语读，用英文写——说说葛浩文的翻译》为例。

截至笔者最近的研究日期（查询日期为2018年），在这38年的时间里，笔者对那些具有代表性、典型性的文章进行分析（如图1所示）。

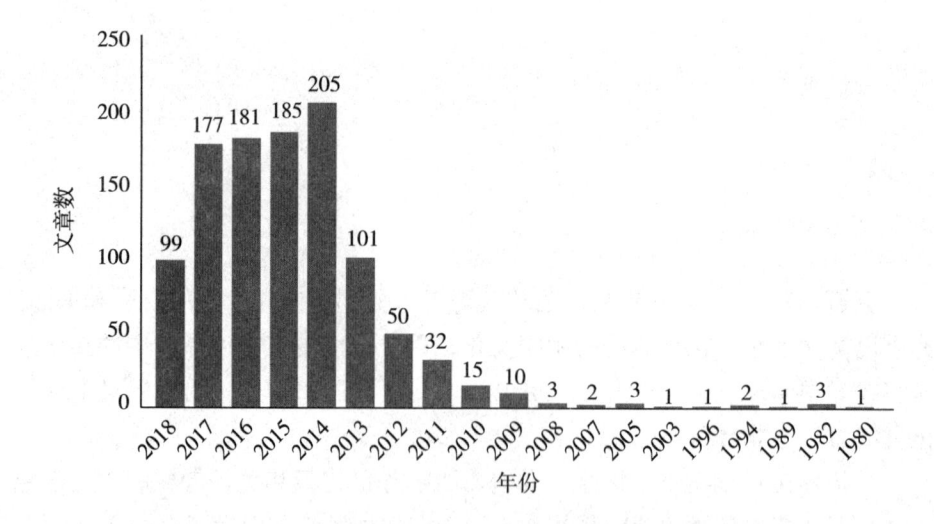

图 1 1980—2018 年期间有关莫言小说英译研究文章年度发表量

笔者键入"莫言小说英译"总计有 1132 篇，数据显示，对莫言小说英译的研究始于 1994 年，以学者梁丽芳在《中国翻译》上发表《海外中国当代文学的英译选本》为标志。

实际可以按照以下线索对前人的研究进行分类，具体表现为从对莫言小说的关注转移到葛浩文英译莫言小说研究，再到葛浩文的翻译观等。本书的研究重点是后两点，即莫言小说英译研究及葛浩文翻译莫言小说背后的翻译观。

本部分对葛浩文的翻译观相关解读涉及葛浩文的翻译思想、翻译实践及翻译哲学观背后的中国文学走出去相关研究，研究主要从两大主线进行，即葛浩文翻译观的自我解读与葛浩文翻译观的"他我"解读。

自我解读涉及葛浩文本人的学术研究，及这些研究对后期翻译思想的影响，同时包括葛浩文在翻译领域的卓越贡献。葛浩文对中国的了解源起于被外派台湾服兵役时期，其从此与中国、中国文学及中国文学翻译结下了不解之缘，为中国现当代文学在海外的传播立下汗马功劳，因而在中国享誉"首席翻译家"之称。学者卢东民、孙欣 (2010) 的两句话"历经艰辛始成才"和"译作等身难比肩"是对葛浩文充满艰辛却又成绩斐然经历的高度概括。在葛浩文所发表的论文、散文、译著扉页中的译者序、访谈录中都能找到葛浩文翻译观的缩影，这是他在长期对中国当代文学进行研究和翻译的基础上对翻译这一实践活动的真知灼见。例如，他发表的文章《关于中国现当代文学在美国的几点看法》后被收集到《葛浩文文集：论中国文学》。翻译不但有助于丰富个人知识和艺术感觉，还能提高我们与文化相关的文学素养，提升我们的语言能力和思想。葛浩文的翻译观同样体现在他发表于《中国现代文学》的几篇文章里。

葛浩文翻译观的"他我"解读，则是指学者对葛浩文翻译实践的解读，或是对前文所提及的散见于译序、访谈录，所发表的大量关于中国当代文学作品的评论文章中所蕴含的翻译思想的解读。国内学者文军早在2007年，莫言获诺贝尔奖之前，就发表了题为《葛浩文翻译观探究》的文章，该文章发表在《外语教学》上，重点论述了葛浩文的翻译是重写的思想，下文将进行详细阐述。另外，孙会军的文章《从几篇重要文献看葛浩文的翻译思想》发表在《东方翻译》上，对葛浩文的翻译思想进行了解读。当然，目前国内已有大量文章对葛浩文翻译观进行了"他我"解读，在上文仅举两例说明，因为后面的篇幅较为详实地论证了这一点。

因此，本部分的文献将自我解读与"他我"解读结合起来，按照翻译观点、类别进行了以下四个方面的分析研究。

（一）翻译哲学观

翻译哲学是翻译观和翻译方法论统一于其中的一个理论体系（黄忠廉，1998）。翻译哲学观主要从思辨层次对翻译过程中的整体性、具体性、历史性、创造性及其相互关系作出阐释（张思杰，2007）。

葛浩文翻译思辨主要涉及：①翻译是重写（文军，2007）。葛浩文（Howard Goldblatt）（2002）在《华盛顿邮报》上发文提及作家应该宽容那些用另一种语言重写他们作品的人，因为翻译的性质就是重写，故而葛浩文都没用翻译二字。同时，译者应忠实于原文和译文（文军，2007），忠实原文即尊重原作独有的创作风格、创作内容，同时忠实于目的语读者，使译文可读性增强，易于接受。张耀平2005年在《中国翻译》上发表《拿汉语读，用英文写——说说葛浩文的翻译》一文，再次探讨这一议题，文中提及对葛浩文而言"翻译是一种写作"。翻译期间既有创作也有忠实，翻译是背叛与忠实的统一体。②"我译故我在"的哲学思辨观（季进 2009）。翻译就是一个不断循环，不断更新，精益求精的过程，同时翻译也是一个选择的过程，翻译作品的选择是最重要的，选择翻译作家及作品时，应从以下方面考虑：首先是"作家的成就、作品的水准和风格以及翻译作品面世后是否有大量的读者"。其次是翻译策略的选择，优选策略可有效避免对文化的误解。葛浩文（2009）在纽曼文学奖的提名演说中撰文谈了译事之难。在翻译中，译者应坚持以读者为中心的翻译思想，坚持翻译的快乐原则（胡安江，2010），同时译者应考虑影响翻译作品面世的编审及出版社等因素（周领顺，2018）。有美国俄克拉荷马大学教授对葛浩文进行采访，主要论及翻译中的音韵处理问题及翻译的选题等，介绍反映了葛浩文的翻译思想。有学者在美国 Purdue University Press（普渡大学出版机构）发表题为 "*Rewriting, Ideology, and Poetics in Goldblatt's Translation of Mo Yan's* 天堂蒜薹之歌（*The Garlic Ballads*）" 的文章（《葛浩文英译莫言小说〈天堂蒜薹之歌〉中的改写、意识形态、与诗学》），其以《天堂蒜薹之歌》英译本为例，探讨葛浩文的翻译观，认为葛浩文的翻译观中意识形态部分体现为隐藏、舍弃、重写，甚至在翻译中省略某些部分。此外，他们认为小说的翻译是基于诗学的具体方面进行的，包括中国民谣的音乐魅力及其独特的文化形象。

（二）译技分析

正如厄普代克（2005）所说，葛浩文是中国当代小说孤独领地里的独行者。国外对葛浩文的研究不多，耶鲁大学 Jonathan Spence（彭斯，2008）、Shirley N. Quan（全雪莉，2008）在不同报纸及杂志上对《生死疲劳》进行了评论。

从微观角度，克里斯托弗·鲁普克（Christopher Lupke）（2011）对葛浩文早期的学术著作、译作及近期译作进行深度研究，指出在翻译真正优秀的作品时，译者面临双重挑战：其一是很难以独特的口吻转换为另一种语言，其二是难以从一种文化框架和语言结构转变为另一种文化框架和语言结构。因此译者必须从原作中解放出来，以便重新塑造原作，同时将其融入英语文化框架中。另外，鲁普克高度评价葛浩文，认为其为将中国文学推进英语世界做了重大贡献。

国内很多学者从微观角度围绕葛浩文译著中的翻译技巧进行了分析探究活动。周领顺（2016）对"乡土语言"的翻译及翻译批评视角进行评析，界定"乡土语言"的概念，从不同视角对乡土语言翻译展开批评：对同一译者不同时期的译著展开横向翻译批评研究，或是对不同译者同一时期的翻译展开横向研究，并提出开展"乡土语言"翻译批评研究的新思路。宋庆伟（2015）从方言误译视角分析葛浩文误译的根源为不恰当的略译；缺乏对源语文化含义的深度了解，造成望文生义，翻译失当；对通篇内容的把握和分析不够，导致译文有些方言表达略显主观和随意。指出翻译失当和误译是翻译界的硬伤，作者旨在以这一案例来引起学人的讨论和反思。邵璐教授的论文《莫言＜生死疲劳＞英译中隐义明示法的运用：翻译文体学视角》(外语教学，2013)从翻译文体学角度对《生死疲劳》在中西方读者群中遭遇内冷外热的情况作出回答。文章指出，明示是《生死疲劳》葛浩文英译本中一个明显的文体特征。在该英译本中，隐义明示法主要有四种体现：增添戏剧化色彩、增添话语、增加语气或强度、增加生动性。同时，邵璐以葛浩文英译《生死疲劳》为例探讨翻译中的"转述"与"叙事"，从经典叙事学的角度对译本中的叙述视角、叙述声音、转述等进行详细分析，得出葛浩文英译本叙事模式的变化主要表现在以下三个方面：转叙、省叙、伪叙。葛浩文译本的成功得益于目标文本叙事方式和叙事层次变化，其为目的语读者带来了不同的文本体验。而吕敏宏教授则在中国社会科学出版社出版专著《葛浩文小说翻译叙事研究》(2011)，探讨葛浩文翻译的叙事策略、话语技巧及翻译原则，从叙事话语的翻译变迁、故事再现、情节重建、叙述者性别重构等方面论证小说文类在翻译中的再创造空间。

孙会军(2014)发表在《中国翻译》上的《葛译莫言小说研究》一文具体探究了葛浩文英译莫言小说时在细节上进行的改动以及叙述手法上进行的调整。同年，在另一篇发表于《外语学刊》的文章《谈小说英译中人物"声音"的再传递——以葛浩文翻译的〈呼兰河传〉和〈檀香刑〉为例》专门探讨了葛浩文英译莫言小说《檀香刑》、萧红小说《呼兰河传》时对人物"声音"效果的处理，从而得出结论——译者能够理解、把握、再现不同的方言特色及声音效果，能较好地传达出人物不同的声音。亦是2014年，美国俄克拉荷马大学教授Jonathan Stalling（石江山）对葛浩文进行采访，并将采访内容定题为"The Voice of the Translator：An Interview with Howard Goldblatt（译者的声音：采访翻译家葛浩文）"。主要论及翻译的选题元素及翻译中的音韵处理问题，如山东方言、猫腔、打油诗、古诗中的平仄韵律等问题，并举例说明译者处理这些问题的思路，进而在不损害意义传送的前提下，尽量传达原文的腔调及韵律。

(三) 译者文化身份认同及文化翻译研究

关于译者文化身份认同，孟祥春(2015)指出：译者葛浩文具有文化和翻译意义上的Glocal Chimerican身份，即"全球视野，文化中美"。探讨文化身份背后翻译中"译我"还是"我译"的辩证关系，小说翻译是翻译"文字"还是翻译"文学"，在文化视角是否以"东方主义"犒劳"西方市场"等，有助于回答中国文学走出去过程中所必须面对的重大议题，即为谁译、谁在译、何时译、译什么及如何译。

孙宜学（2015）指出葛浩文因自身文化身份的复杂性及转变性，从美国人变成"中国人"，再实现"中国人"到美国人的转变，因此对中华文化世界化的态度是复杂的、矛盾的。作者同时指出，译者只有真正摆脱语言缠缚其身的"身份之霾"，才能真正达到世界化。理清葛浩文的身份问题，对今后有效适度地借助汉学家推动中国文学"走出去"具有重要意义。刘颖和李莉的论文《莫言作品之葛浩文英译本研究——以〈酒国〉和〈生死疲劳〉为例》将《生死疲劳》原作与葛浩文的译作进行对比，发现译文多采取音译和直译的方法，忠实地反映了源语文化。笔者认为莫言获奖是众望所归，翻译作为一个影响因素并不具有决定性。

陈小烨和陈可培教授的论文《关联理论观照下文化缺省的翻译策略研究——以葛浩文<生死疲劳>译本为例》对翻译中的文化缺省现象进行分析解读，提出了衡量文化补偿是否适量的标准，并结合《生死疲劳》英译本，具体探讨了文学作品中文化缺省的翻译策略——直译法、直译加注法、上义词替换法、隐含义阐释法、零译法，有助于保证跨文化交际的顺利进行。

（四）文学传播及中国文学走出去研究

对于莫言小说成功实现跨文化传播给中国文学走出去带来的启示与契机，学者从不同视角进行剖析。胡安江（2010）在《中国翻译》上发表的文章《中国文学"走出去"之译者模式及翻译策略研究——以美国汉学家葛浩文为例》，讨论了近半个世纪以来中国文学的海外传播情况，指出中国文学走出去战略中，翻译界应达成共识：提倡汉学家译者模式以及归化式翻译策略。张春柏（2015）在《外语教学理论与实践》期刊上发表题为《如何讲述中国故事：全球化背景下中国文学的外译问题》的文章中提出反向的观点，他以葛浩文争取补回出版社删掉的文字，否认葛浩文的翻译"连译带改"，指出随着中西文化深入交流，中国文学"走出去"应满足西方读者了解中国文化的强烈愿望，同时译者应开始趋采取异化的翻译策略，满足外国读者对中国文化和文学的需求和期待。另外，作者提倡异化翻译不能以牺牲可读性为基础，更不主张硬译。

王启伟（2014）在《出版发行研究》上发表题为《"中国文学走出去"之翻译机制与策略——以莫言作品和〈红楼梦〉翻译为例》的文章，指出适应当前形势的优秀译者是当前中国文学走出去战略必备的条件。中国文学外译的译者模式有三：一是西方汉学家模式，如葛浩文；二是西方汉学家与中国译者相结合模式，如戴乃迭与杨宪益；三是中国本土译者模式。

刘云虹、许钧（2014）的文章《文学翻译模式与中国文学对外译介——关于葛浩文的翻译》刊发在《外国语（上海外国语大学学报）》上，两位学者从葛浩文翻译莫言小说助力其获取诺贝尔奖的案例出发，分析葛浩文翻译莫言小说的文本特点，以此回答翻译界对"忠实"这一概念的质疑，澄清翻译界中关于翻译忠实性、翻译观念、翻译方法、译者的责任及文化接受等翻译本体概念的误解。

鲍晓英2014年的博士论文《中国文学"走出去"译介模式研究——以莫言英译作品美国译介为例》及2015发表在《中国翻译》期刊上的论文《从莫言英译作品译介效果看中国文学"走出去"》采用定性和定量分析的方法，使用一些有名的搜索系统，如EBSCO、WORLDCAT等，同时采用问卷调查等手段采集数据，并在此基础上分析、解释莫言英译作品"走出去"的经验和教训，为中国文学"走出去"应采取何种策略提供启示。

香港岭南大学李文静（2012）对葛浩文、林丽君夫妇进行采访，之后在《中国翻译》上发表了题为《中国文学英译的合作、协商与文化传播——汉英翻译家葛浩文与林丽君访谈录》的文章，谈及葛浩文、林丽君合作翻译的喜好、分工流程，同时讨论译作中如何保留中国文学作品中的中国文化。

谢天振（2014）刊登于《中国比较文学》上的文章《中国文学走出去：问题与实质》，指出中国文学走出去应不是简单的翻译问题，而是超越翻译问题的译介行为，并基于莫言小说对外成功译介案例区别翻译与译介这两个表面相似实则不同的概念。

葛浩文（2014）发表在文学报上的《中国文学如何走出去？》一文，从中国文学实质、文学作品质量及作品的视野角度探讨中国文学较外国文学而言有待完善的地方，同时探讨现有文学走出去遇到的翻译、译者、编辑等问题，激发思考，以期大家为中国文学走出去继续努力。概而言之，中国文学走出去应注重原作的品质及其翻译这两大要素。

二、研究评述

国内外专家和学者对葛浩文英译莫言小说的研究呈现出多元化的视角，涉及葛浩文翻译思想的各个方面，且介绍了翻译经验与技巧，包括从叙事角度、文化角度、文体学角度或译者的翻译策略等微观视角进行较为深入的剖析和探讨。同时，其中不乏新理论阐释葛浩文译著、分析中国文学在国外的传播，为中国文学"走出去"提供了宝贵资料。总之，针对葛浩文英译莫言小说的研究成果丰硕，但同时以下几个方面有待丰富和完善。

（1）研究视野有待扩展。对葛浩文翻译进行的研究多局限于翻译身份、翻译文本的选择，翻译策略、翻译方法的选择。通过文献分析不难得出，葛浩文的翻译视野相对狭窄。对于葛浩文的翻译行为，应基于他所处的社会历史语境进行分析，如葛浩文具有双重身份：中国现当代文学的研究者与中国文学的翻译者，也即汉学家+翻译家，对于葛浩文的翻译思想及其翻译成就背后的原因，应基于宏观的或微观的语境进行研究分析。

此外，翻译活动作为社会活动的一部分，既受源语社会环境和社会意识形态影响，又受制于目的语社会环境和意识形态，并会对目的语文学体系或文化产生影响。具有中国首席地位的翻译家葛浩文在进行翻译活动时，同样受社会语境和意识形态的制约，分析这些制约因素及其译作所产生的影响力显然是葛浩文英译莫言小说研究的重要课题。穆雷和诗怡（2003）认为，我们考察翻译家时应从两方面入手，一是翻译作品时源语及目的语社会环境及意识形态对翻译家的制约因素，二是翻译家的译品对目的语文化及社会所产生的影响。因此，对葛浩文英译莫言小说的研究重点除了整理现有译作成果外，还应发现探索他成功的内在动因、外部环境、社会需求、心路历程和素质准备等。要将他中国现代文学研究者的身份置于源语文化（中国文化）研究之中，从中华文化自信视角考察翻译家葛浩文受中国文化及中国文学的影响，继而要对葛浩文译著中的政治语篇翻译等进行探讨，他选择文本的动因、翻译的过程、翻译策略等深受中国文化的影响。虽然学者对中国文学走出去之模式仁者见仁，智者见智，但从葛浩文英译莫言小说助其获奖角度谈中国文学"走出去"模式的观点相对匮乏。有些学者并没有宏观全面地了解葛浩文翻译哲学观，还有些甚至对葛浩文的翻译批评有失恰当。

（2）研究方法缺乏多样性。查阅现有文献发现，针对葛浩文英译莫言小说的研究大多归于定性研究，学者运用某一理论进行指导，或最初提出假设，然后选取一定数量的案例或典型的例子予以论证，但研究结果的客观性有待加强。因此，对葛浩文英译莫言小说进行研究时，应当运用一些相关的软件，同时基于语料库对翻译方法、翻译策略和翻译选题进行定量研究，或者结合定性研究进行综合性研究。当前对翻译风格、翻译策略，或者翻译技巧进行的研究都缺乏数据支撑，客观性有待进一步加强。结合语料库数据分析，挖掘翻译活动所受的规范限制，可知文本翻译特征因时代变化或文化变迁而发生变化。描绘不同历史时期的翻译文本特征，描绘翻译家译有所为的翻译行为，同时结合翻译文本内因素和文本外影响翻译策略的因素，益于丰富当前的翻译研究。

　　总而言之，本研究具有如下意义：挖掘中国特色政治语言翻译背后影响译者翻译的因素；充分挖掘葛浩文翻译观，为新时代中国文学走出去提供重要借鉴；推动中国文学翻译理论与实践研究发展。

第二章 中华文化自信与翻译研究

一、文化自觉与文化自信

文化自信离不开文化自觉，费孝通先生在《费孝通论文化与文化自觉》一书中对文化自信与文化自觉的关系进行了详细阐述，并对文化自觉进行定义，即"文化自觉是指生活在一定文化中的人对其文化有'自知之明'"（费孝通，2007）。人们应知道文化的来历、了解它的形成过程、明白它所具有的特点和发展趋势，进而坚持中间立场，不搞"文化回归"，不要"复旧"，更不主张"全盘西化，拿来主义"或"全盘他化"。文化自觉是一个复杂艰巨的过程，不但要求我们明白自己的文化，而且要求我们理解他者文化，因为只有这样我们才能在多元文化世界中树立自己的文化形象。基于此，在新时代国际社会转型时期，我们还要适应新时代文化自主选择的地位，与其他文化和谐共存，取其精华，去其糟粕，共建一个多种文化和平共处、携手发展的全球多元文化社会。

2016年7月，在建党95周年庆祝大会的重要讲话中，党中央重申文化自信的重要性。事实上文化自信是一个国家和区域对自己历史文化秉性的认识和态度，而文化翻译自信是文化自信的重要组成部分，是在翻译实践中对自己文化"走出去"时所坚持的立场。文化翻译实践给特定的社会文化语境带来了一定的文化效应。翻译中华文化是向其他国家传播中华文化、展示中华文化自信的必由之路，因此重新确立中国文化自信，调整翻译活动与翻译研究的格局和方向对中国文化"走出去"战略下的现当代文学翻译具有重要意义。

二、文化自觉与翻译

将文化自觉纳入翻译研究视角，可为翻译研究注入新的血液，产生重要影响。许明武（2003）研究了翻译与文化自觉之间的内在联系，及新时代背景下，文化自觉对翻译提出的新要求。时隔9年，清华大学罗选民教授撰文探讨文化自觉与典籍英译，指出文化是国家或民族最为基本的元素，文化自信只有建立在文化自觉的基础上才是稳靠的。对于翻译而言，文化自觉就是坚持中国文化精神风貌，用最恰当的方式来解读和翻译典籍材料，旨在促进中外文化交流，消除不同文化之间的误解，尽最大可能满足西方受众阅读中国文化的需要。随后针对文化自觉的讨论逐渐增多，成召伟（2015）、朱振武（2016）、王方路（2018）等学者讨论认为文化自觉是在翻译中国典籍时应该具有的文化意识和应对策略。朱振武学者特别强调，近年来我们在进行对外翻译时，明显更关注目的语读者阅读的流畅性、阅读思维及接受方式，很大程度上忘记了文化"自知之明"，失去了文化自觉，甚至没有注意到近年来我们翻译活动的重心早已出现偏斜。改革开放以来，我国翻译事业成绩相当显著，但同时也存在一种现象，即重外译中，轻中译外；重国外学者的翻译研究，轻国内翻译名家在翻译实践上做的梳理和诠释；重视西方文学文化，外译中时强调忠实外来文本，而轻传递原汁原味的中国文化。从某种程度上来说，我们当前翻译活动的重心已倾斜，文化自觉亟待增强。当前，中国国际地位日益提升，在国际舞台上发挥着越来越重要的作用。这一"大变局"要求我们建立文化自信，变通翻译之道。译本在目的语国家的接受、传播等都会受到译出语和目的语国家在国际中所处的地位、社会文化、权力语境等的制约，而且这些要素之间错综相连，这就需要人们在进行对外翻译实践和传统文化外译时以发展的、动态的眼光看待中国现当代文学作品外译问题，探索真正适合中国翻译需求的翻译理论、话语体系及研究范畴，找到中国现当代文学对外翻译、传播途中所受到的阻碍因素，开创与全球化时代特征、与中国当今国际地位相匹配的中国现当代文学外译话语体系，丰富本土文化翻译学理论研究内容。

三、文化自信与翻译

文化是一个国家软实力的重要标志，不同国家文化都希望冲破国界和地域的限制在全球范围内得到传播。只有自己的文化观念与价值取向在国际社会得到跨文化传播并认同，文化才会变为真正的软实力。如果将国家软实力转换到中国现当代文学对外翻译实践中，获得国外读者的认可、赏识，且使他们做到不误读、不误解文字背后所表现的中国国家形象，即可达到我们预期的效果。要发挥中国现当代文学在全球的凝聚力、亲和力、吸引力，而且尤其要充分发挥文学作品中所蕴含的中国文化在国际社会上的影响力，这也是探索建构中国现当代文学对外翻译软实力系统的关键和聚焦点。

就如何落实翻译活动中的中国文化自信，以及如何使中国文化走出去而言,学者需从不同的视角进行深度挖掘。学者张丹丹(2017)提出:"从译本产生前译介内容和译介主体的选择,翻译过程中的策略确定,到译本产生后的交流、影响、接受、传播等问题(谢天振,1999:11)的回答,都应以软实力中的'吸引力''亲和力''凝聚力'为目标。"要动态调整从核心辐射到翻译活动的各个环节,促使他们相互适应,力争将中国现当代文学魅力展示给国外读者。要吸引国外读者,海纳百川,并展示中华民族对世界的凝聚力,将各种文化中有利于全球和平共处的成分提炼出来,建设全球命运共同体。刘孔喜和许明武(2018)以历史上中西两场翻译论战为例,反思翻译中的文化自觉与文化自信,同时在所作文章中指出翻译中坚持"文化自觉"意识,有利于弘扬中华民族自信。译者不同的文化自觉意识将直接影响翻译文本的选择、翻译活动中策略的选择,甚至引起翻译批评,因此在翻译活动中译者不但要有"自知之明""他知之明"的宏观把握,还要有微观上的语言自信,这样才能做到翻译中的文化自信。翻译中的文化自觉是真正展示文化自信的基础。潘卫民教授(2018)以《毛泽东选集》英译为例探讨政治语篇翻译中的文化自信,其文章指出,政治语篇代表国家的态度和立场,也是国际社会和外国读者了解中国文化最官方的途径,因此翻译时要坚持"四好原则",即"肩负好翻译使命、传承好传统文化、兼容好外来文化和展望好中国文化"。另外,其文章还指出当代翻译活动中要践行中国文学或中国文化"走出去"战略,必然要求译者心中肯定中国文化价值,拥有文化自觉意识,坚持文化自信。

学者兼翻译家袁筱一指出直译中的文化"尴尬"和意译中的文化"扭曲"始终是翻译的难题,如果翻译只从直译和意译来讨论,终究会成为悖论,这是不可取的。文化的走出去,不能只看译本的表层,即语言层面,而要观察文本意义的再生,因为看似孤立的文本早已超越文本的范畴。正如德里达的解构学说,原本已解构,译本得到了延异和再生,成为新环境中的原本,或被抵抗,或遭到接受,但有时抵抗愈烈,开出的异域之花愈艳。按照上述逻辑,袁筱一指出,随着国家软实力的日益增强,我们不需再担心中国文化走出去这一问题,我们越自信,越开放。任何一个合格的传播主体都要不断融入异域因素,长此以往在此基础上生成的中国思想和文化的新传也将在异域开花结果。就拿葛浩文这一中国文学走出去的重要推手来说,就有学者批评他的译文对中国文化的传播在语言形式上,也就是译本层面上,有些不够到位。事实上,葛浩文的译本让莫言的原著在异域文化中得以重生。

文化自信是中国文学作品"走出去"的基石。中华文化自信体现在翻译上，就是本土的翻译家必须先热爱自己的文化，才有文化自信，而外籍译者只有具有"他知之明"，对中华博大精深的文化有信心，从心底认同中国文化，翻译出的作品才能真正表达原作中的中华文化，才会有根基、有底蕴，才不会在国外读者的视野中如浮萍般飘摇。中国的文学作品中并不缺表达中华文化的原材料，但既了解中华文化又具中华文化有自信的外籍翻译人才不足，且有较深文化底蕴和深谙中国文化传统的本土翻译人才更缺。文化自信是中国文学和中华文化走出去的关键。因此，中国当代文学的译者就要了解中国文化历史，有"自知之明"的文化自觉，知其然，更知其所以然，这样才不会在中国文化对外传播的内容上出现本质性的错误。随着中国在国际舞台上的地位日益增长，中国当前阶段更应该做的是文化输出。在翻译过程中，如果仅用外国的翻译理论和语言解释，那么中国的文化介绍到外国也就穿上了洋外套。因此，在中国文学、中华文化输出翻译过程中，坚持文化自信，才能讲好原汁原味的中国故事。

翻译研究离不开文化比较，两者关系密切，中国对外翻译研究必须结合中国文化的对外传播。而文化传播则要遵循习总书记所要求的"讲好中国故事，传播好中国声音"，其实这也是中国对外翻译最重要的原则。

因此本书将莫言文学作品中的文化翻译置于文化自信这一背景下进行分析研究，将中国文学作品中的文化传播置于文化自信语境中进行研究，为中国现当代文学对外翻译研究提供了一种新的研究视野和方法。从某种程度上说，莫言的作品代表中国文学的高水准，加强莫言小说中的文化翻译，可让文学作品中的文化在另一种语言和文化中得以传承。在借鉴吸收国外文化成果的同时，要把中国文化送出去，使其成为世界文化中璀璨的明珠。

四、译者葛浩文对当代文学翻译的文化自觉及对中国文化的自信

（一）译者葛浩文简介

葛浩文，在1939年生于美国，但他与中国结下了不解之缘，尽管他说一口流利的美语，但他说汉语的熟练程度可与其说母语相媲美。这与20世纪60年代，葛浩文年轻时在美国海军服役，被派往台湾的军事基地有关，这是葛浩文第一次遇到中国人，而且在回美国之前，他学习了两年中文。然后，他被旧金山州立大学的中文系录取。葛浩文获得长滩州立大学的学士学位，1971年获得旧金山州立大学的文学硕士学位，1974年获得印第安纳大学的博士学位。

葛浩文既是中国现当代文学的研究者，又是中国现当代文学的翻译家、传播者。葛浩文翻译了大量中国当代小说（中国大陆和中国台湾），包括黄春明的《苹果的滋味》和陈若曦的《尹县长》。他还翻译了中国小说家和2012年诺贝尔文学奖得主莫言的作品，包括莫言的六部长篇小说和短篇小说集。可以说，葛浩文是美国最多产、最有影响力的中国文学翻译家，是有史以来翻译中文小说最多的外籍翻译家。葛浩文翻译了40多部小说、几本选集和许多文章，因此他成了我们这个时代最著名的翻译家之一。无论在任何语言翻译中，葛浩文作为美国最多产和最负盛名的翻译家之一，为一代又一代的英语读者介绍了广泛的当代中国语言文学，并把中国翻译文学从学术界带入了主流。葛浩文翻译了近50本小说、回忆录，以及一本诗集，他的作品得到了最负盛名的杂志、报纸、网络媒体的评论，还得到了像约翰·厄普代克这样的文学巨匠的评论。葛浩文是中国唯一获得诺贝尔文学奖的小说家莫言的官方英语翻译。葛浩文对世界文学的贡献已经广为人知，但不那么为人所知的是葛浩文已经积累了大量与中国作家、编辑和出版社的往来书信。总的来说，这些信件等揭示了中国文学在海外生活中的渗透情况，说明了文学翻译作为我们这个时代的文化中介的重要性和魅力。要将莫言小说的葛浩文英译本"语言表层"或"译本表层"与中国文学在海外生活"深层的画面"结合起来，以全面研究翻译活动，同时要研究葛浩文英译莫言小说时对中国的文化自信。当然对于中国文学和中国文化，葛浩文发表了不少言论，主要表达自己对翻译的观点、对中国文学和中华文化的观点。这些或可在采访中寻找到蛛丝马迹，或可在葛浩文与作者、编辑、出版社的通信中得到诠释。

（二）葛浩文对当代文学翻译的文化自觉及对中国文化的自信

葛浩文所具有的双重身份使其在翻译选材及翻译策略中表现出了中国文化自觉及文化自信。正如他自己在《葛浩文文集——论中国文学》一书中提到的"我喜爱中国现代文学，我也一直从事中国现代文学研究""中国人和中国民族是优秀的，有她的个性，所以表现于现代文学作品的，不应该出洋相，更不应该有自卑情绪"（葛浩文，2014）。尽管葛浩文是参与中国当代文学"走出去"事业的外籍译者，尽管中美两国有着不同的文化价值观，但是其曾表示一旦"看见让我们怦然心动的作品，我们这些外国人出于职业上的原因，也曾不知不觉地将自己视为'社会主义文艺'的支持者"（葛浩文，2014：200）。

葛浩文一再强调中国文学应该坚持走自己的特色道路："中国作品要都像西方作品，没有一点自己的特质，那还是中国作品吗？"① 以前他不但对中国文学充满信心，还对中国文学的未来坚定信心："虽然我对中国文学很难准确地评价，但是我对中国当代文学的未来还是充满信心的，中国文学的发展方向不会是退步，一定是进步；不会走向封闭，一定是更加自由。"② 后来葛浩文在"镜中之镜：中国当代文学及其译介研讨会"主题报告中，以及后来的《中国文学如何走出去》一文中一再强调中国文学不应该故步自封，应该与外国的文学开放交融。

葛浩文对当时中国文学及中国当代作家的批评言语较为犀利，有学者甚至忧虑葛浩文站在"中国文学和中国读者的对立面"（孙宜学，2015）。在此笔者认为，翻译家葛浩文对中华文化观的态度前后并不矛盾，正如葛浩文在研讨会举行两年后借《文学报》版面作出的说明："2014年的研讨会上（上文所提及的），我做了一个演讲，对中国当代小说提出一些自己的想法，据说引起不少争议，主要原因大概是我对中国当代小说提出一些自己的想法和批评，引起了争议，听说还传到台湾去了。而之所以有争议，很可能是讲稿被断章取义，我的演讲是用英文发表的，但有鉴于在场的听众不是都听得懂，特地将讲稿翻译成中文，投射在屏幕上，有的记者就用手机拍下他们有兴趣的部分，隔日刊登出来，读者看不到完整的讲稿，不知道上下文的思维逻辑，难怪有人会不高兴"。葛浩文回到美国后特意修改了讲稿，详细陈述了自己的想法，旨在能与中国的读者共同切磋。他的发言正好可以用中国成语"爱之深，恨之切"概括，这种渴望看到中国文学走出的恨铁不成钢的心情，正是源起于对中国文学、中华文化翻译的热爱，而这也才会让他有了"忠言逆耳利于行"之"举"。诚然，倘若译者或作者借文化自信之名推行汉语言文化民族中心主义之实，则会导致我国的文化创作、文学翻译的对外文化交流处于故步自封状态，缺少与其他语言及其他文化的交流、融合，无法实现共进。正是因为心中有对中华文化之信心，学者才会进一步提出一些批评意见。

葛浩文对中国文学的热爱及中华文化自信体现在对中国文学的翻译上，他翻译了中国大陆及台湾30多位中文作家的60多部文学作品，如毕飞宇的《推拿》、张洁的《沉重的翅膀》、姜戎的《狼图腾》、巴金的《第四病室》、

---

① 葛浩文.葛浩文文集：论中国文学[M].闫怡恂，译.北京：现代出版社，2014：25.
② 葛浩文.葛浩文文集：论中国文学[M].闫怡恂，译.北京：现代出版社，2014：25.

莫言的《红高粱家族》《天堂蒜薹之歌》等系列小说。葛浩文是有史以来，外籍译者中翻译中国小说数量最多的翻译家，同时也是2012年莫言获诺贝尔文学奖的英文译者，有学者称他为中国当代文学的"首席翻译家"（夏志清，1996：22），是中国文学获得诺贝尔文学奖的"接生婆"。

（三）葛浩文英译莫言小说中的文化自信

借用厄普代克的话来讲，葛浩文是中国现代文学翻译道路中的独行者，正是因为热爱中国文学、对中华文化的自信，他才在中国现代文学翻译这条道路上披荆斩棘。当译者对源语文化有"他知之明"时，对源语表现出文化自信时，在翻译活动中就会选择表达他者文化的翻译策略。葛浩文的翻译原则是译文有助于外国英语读者了解中国，了解中国文化，了解中国文学，减少跨文化交际误解、交流障碍，同时在汉译英时尽量接近原文，使翻译作品读起来不像是用自己的语言所写的那样，应该"让读者觉得是从外文翻译过来的"，让外国读者体会汉语原作中原汁原味的中国文化，感受中国文学的魅力。他反对逐字翻译、硬译，因为这样所得译本不但让读者读不下去，而且会使自己觉得对不起作者和原著。翻译活动中自信地传播汉语文化是正确道路，这也是翻译作为文化传播使者应尽的责任。

在莫言获得诺贝尔文学奖后，有人采访问及葛浩文翻译莫言小说的风格，是否还跟以前一样具有创造性。葛浩文开玩笑地说："莫言得了诺贝尔文学奖，现在是大名人，在翻译他的作品时，我得更忠实于莫言的原文（source），使我的翻译更接近原文，我不能让莫言的小说翻译成英文时受损，更不能有损于他的国际声誉。"事实上，"葛浩文还是按照自己的翻译哲学——忠实于原文，进行翻译，但绝不是字对字，词对词的翻译"（刘孔喜、许明武，2018）。

葛浩文对中国文学的热爱、对中华民族的自信，体现在翻译文本翻译策略的选择上。这些在书中后一部分的实践篇中进一步讨论。

本章对葛浩文的所具有的中华文化观及他的翻译哲学观做如下总结，见图2。

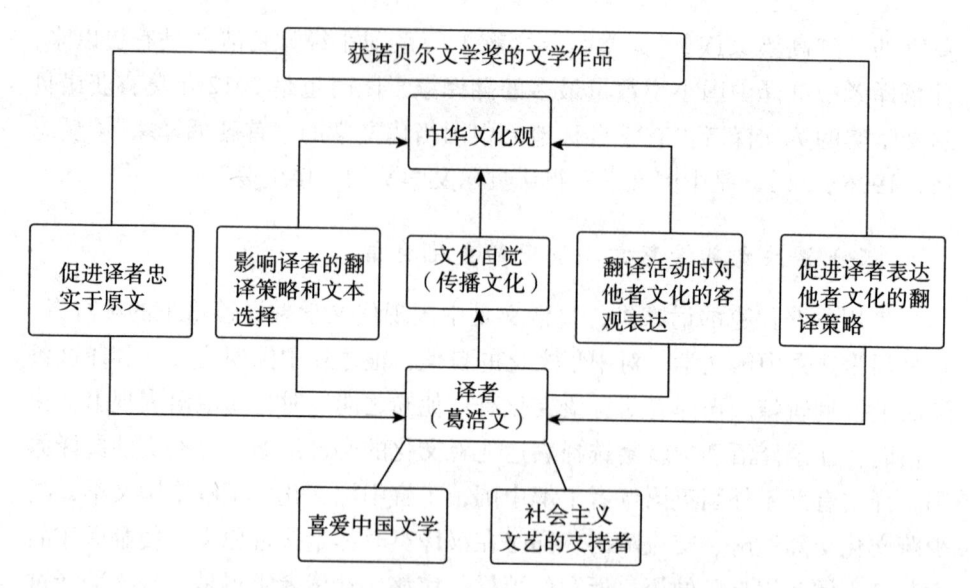

图2　葛浩文的中华文化观与翻译哲学观

第三章　葛浩文的翻译观

一、葛浩文的翻译重写观（Translation is rewriting）

（一）翻译重写观提出的背景

葛浩文的双重身份，即中国文学的研究者与翻译家，使得葛浩文在长期的创作与翻译活动中，深深地认识到不同语系之间的语言差异会对翻译产生巨大影响。以汉英翻译为例，葛浩文一再强调汉语的特殊性，汉语与英语之间差异明显。在翻译活动中，如果僵硬地讲究形式和词句对等，机械性地复制原文，从本质上来讲，是对原文特质的不了解、不尊重，也会对汉语原文意义造成伤害，与原文所表达的价值反向而行。基于此，葛浩文作为文化的协调使者，提出了"重写"的翻译理念。当然，译者作为文化协调员的角色还具体体现在对于一些人名、地名、文化专有项和文学手法等内容的翻译，我们会另外撰文进行专门的探讨，这里暂不展开论述。

（二）翻译重写观的实质

在《写作生涯》（*The Writing Life*）一文中，葛浩文就翻译的本质作出如下阐释："我的经验是，大多数作家都至少可以容忍译者把他们的作品用目的语语言重写出来——因为翻译的本质是重写"。葛浩文提出翻译重写的实质是用中文读，用英语写。葛浩文的重写论（rewriting）不同于勒菲弗尔的改写论（rewriting）。勒菲弗尔的"改写"意味着对翻译原文的操控，这种操控是为了使译文符合某种社会意识，或社会当中某种主流诗学，而对原文进行的改变或重新解释，这可能有悖于葛浩文的本意。不同于勒菲弗尔的改写论，葛浩文的重写论强调翻译不可能对原作进行完全复制，因为翻译不可能机械地保证形式对等、词与词对等。"鉴于英汉两种语言属于不同的语系，存在很大的差别，一个从事法—意、意—法翻译的译者所关注的对应之准确性问题在汉英翻译中却不适合，因为汉语是一种非常经济的语言，暗含很多的典故，词汇量较小，这就为译者的发挥创造提供了必要性和可能性"

(孙会军，2019：22）。

（三）翻译重写观阐释

关于葛浩文翻译重写观，学界的观点大不相同，沪派翻译界的一些学者认为莫言获奖离不开葛浩文"连译带改"式的翻译，"忠实于原作的翻译理念"已经过时。孙会军（2012）基于葛浩文的一些重要文献，对葛浩文翻译重写观思想进行阐释归纳，认为葛浩文翻译重写观不能依托赞助人、主流诗学传统、社会意识形态等因素的客观操纵。而以刘云虹为代表的学者则认为要理解葛浩文的翻译，以及葛浩文的翻译思想，那就要全方位、多角度地进行研究，不能人云亦云，更要警惕有些翻译学者将葛浩文的翻译简单化地定性为"连译带改"，"不忠实"原文。刘云虹在《葛浩文翻译研究》中指出要全面理解葛浩文的翻译，不仅要结合具体例子，分析重要的文献，还要紧密结合葛浩文的文学翻译实践经历及生平，这样才能准确把握葛浩文的翻译重写观。

笔者认为葛浩文的重写观主要受以下因素影响：

（1）以读者为中心——面向读者，旨在让外国读者了解更多原汁原味的中国文化。葛浩文的所有译本都附有一个或几个补偿方法，如译者序言、主要的汉字谱系表、图表、发音、注释等，以帮助读者了解故事的背景和线索，说明原文语境相关信息和对原文语境的省略。例如，在《酒国》英译本的前言中，葛浩文指出莫言用了很多双关语，还有各种散文风格，引用政治及文学典故，雅俗并存，另外还有很多山东方言。葛浩文认为，现在读者不能完全理解文学的形式，他也没有必要详细解释。葛浩文向读者承认，他一直在尽最大努力忠实于莫言的作品，但他没有做到，希望修改后的译文能够弥补这一不足。而在《丰乳肥臀》的英译本中，葛浩文增加了主人公家谱表，根据表格，关于主角人物的母亲的信息如下：她的娘家姓是雪，从小失去了父母，由他的叔叔抚养成人，然后她改信基督教。关于七个女儿的介绍更详细。葛浩文特别介绍了女婿的职业，他们孩子的名字，使得庭关系非常清楚。在《生死疲劳》译文中，葛浩文在汉语拼音注释中附有主字表，旨在让目的语读者了解汉语的发音标准，告诉读者大多数汉语拼音的发音方式与英语单词一致，只有"e""he""ian""le""qi""x"" zh"等几个拼音例外。

译者首先是原著的读者。葛浩文有时甚至在阅读原著时发现原著有些地方可以改善，于是就会直接与作者莫言沟通，就原著给出建议，使得读者与作者产生更强烈的共鸣。葛浩文在翻译《天堂蒜薹之歌》的时候，明显觉得结尾有些弱，因此与作者莫言商讨，提出了一些完善的意见，莫言欣然采纳，因而原著在再版时，也根据葛浩文的译作进行了修改。

（2）重写的基本理念——忠实于原文的创作。葛浩文认为衡量翻译成功程度的标准主要体现在总体忠实度上，可以包括语气、音域、清晰度、吸引力、优雅的表达等。评论一个翻译作品要从宏观和微观上进行，翻译批评要放在一个更广泛的视阈，不能因为没有对一种文化或历史参考进行注脚或误解一个模糊的暗示而使翻译批评失真。因此，葛浩文希望评论家至少对原文的语言有一点点的了解，并且希望评论家们陈述显而易见的事实。葛浩文的翻译遵循重写观，目的是更忠实于源语文化，使异域读者更多地了解源语文本中的中国文化。葛浩文认为译者服务于两个主人——作者和读者，取悦两者通常是困难的，因为中间还有出版商或出版编辑介入。葛浩文翻译莫言两部小说所得成果被出版商缩短了，其中一部经过了大量剪辑，但是经过葛浩文的协调修复了一半以上。对于英文版，出版社买了版权，所以很多时候他们决定是否改动、如何改动，译者也只是尽力争取保留全文。事实上，葛浩文非常反对去鼻挖眼的翻译。

（3）翻译时文本的选择。文学翻译与哲学思想意识之间的关系决定了文学翻译的选择，葛浩文选择中国当代文学作品就有泛政治化的选择意义。当代小说中富含大量时代特写的中国特色的政治语言，如"跟着共产党走""日本鬼子"等。对于这些政治语言，从葛浩文对源语文本的选择亦可以析出葛浩文的翻译选择观。葛浩文的译本选择观为：充分考虑源语国家的文学观和评价标准与目的语国家的文学观和评价标准之间的差异，译者本人的喜恶——选择所遵循的快乐原则；翻译时选择自己喜欢的文本，让自己一见重情，这样也可以在翻译表达时做到得心应手，能用中文读，拿英文写，达到重写的目的。

二、翻译是改写（Translation is manipulation and rewriting）

（一）安德烈·勒菲弗尔的翻译改写观

20世纪70年代西方国家进行了翻译研究的"文化转向"，而翻译研究转向的代表人物有：霍姆斯、苏珊·巴斯奈特、勒菲弗尔与埃德温·根茨勒等。勒菲弗尔当时认为，翻译并不是比较文学或语言学的一个分支，而是一门独立的学科。这个新观点很快得到了苏珊·巴斯奈特的回应，苏珊·巴斯奈特在她新出版的《翻译研究》一书中支持他,她表示翻译研究的主要关注点为:从历史和文化背景上关注文本,试图理解文本操纵的复杂性,以及影响译者翻译策略的因素等。翻译研究不仅涉及两个不同系统中作者、文本、读者和规范之间的关系,同时涉及两个系统中作者的意图和译者的意图之间的关系,源语系统和目标语系统之间的文学接受体系,甚至是不同的社会学方面,包括出版和流通。翻译研究中的"文化转向"表明翻译研究不仅仅是语言学问题。文化的"自知之明"和"他知之明"深入译者心中,而且在翻译过程中,译者将不可避免地受到文化、政治和意识形态等方面影响,因此文化因素是翻译研究中不可或缺的一部分。

(二)翻译改写观的实质

在翻译研究系列丛书的总序中,翻译理论家苏珊·巴斯奈特与《翻译、改写以及对文学名声的制控》一书的作者安德烈·勒菲弗尔指出:"理所当然,翻译就是对原文的改写,一切改写无论带有何种动机,都反映一定的意识形态、诗学,以及在某种方式上操控文学在某个社会发生一定的作用。"改写即操控,是为权力服务的。从积极方面讲改写有助于某一特定文学体系和社会发展,改写可以引入新概念、新流派、新机制。从某种意义上说,翻译的历史既是文学创新的历史,也是一种文化塑造影响另一种文化的历史。但是,改写也可以抑制创新,扭曲和遏制某一文化或社会。

翻译不会在真空中进行,因此也不可能成为孤立的活动。操纵学派认为翻译总是同时服务于某一目的或多个目的,而且每次都受制于一定的权力。具体而言,翻译作品选择、翻译活动的指导方针选择以及翻译目的的选择等都受某些特定权力的影响。因此,翻译是一种改写的形式,翻译过程中也必然会发生改写。

勒菲弗尔提出了"翻译为改写"的概念,认为译者基于某一意图,使改写的文本适应某种意识形态或某种诗学。翻译改写出现的原因主要是:在西方文明结束的一个时期内,他们的教本在写作教学和价值观传播中仍占据中心位置,大约在19世纪中叶,"强势"文学和"弱势"文学开始分离,并导致了"强势"文学对"弱势"文学的改写。

（三）影响翻译改写的因素

1. 赞助

勒菲弗尔认为赞助人指的是"像权力（人、机构）一样能够进一步发展或阻碍文学的阅读、写作和文学的改写"。比其诗学意义来说，赞助人通常对文学意识形态更感兴趣。赞助可以由个人、团体、机构、社会阶层、政党、出版商、媒体、报纸杂志和大型电视公司执行。赞助人要避免自己的文学系统步其他文学体系的后尘。赞助人试图控制一个文学系统与另一个文学系统之间的关系，而这些系统共同构成一个社会、一个文化。赞助人通常指望专业人士引导文学体系符合他们的意识形态。

赞助包括三个要素，即意识形态要素，经济成分要素和社会地位要素。在勒菲弗尔的观点中，意识形态要素会限制文学形式选择和主题发展。从经济角度来看，赞助可以给作家和改写者养老金或任命他们到某个办公室来谋生。社会地位要素意味着声望和认可。赞助可以有区分也可以无区分，又或者说，文学系统本质上可以通过一种既可以区分也可以无区分的赞助来控制。一方面，当三种要素集中到某个机构，赞助便会无差别，像极权主义政权。另一方面，当经济上的成功相对独立于意识形态之外时，赞助就是有区别的，因为此时赞助并不一定带来社会地位。在没有差别的赞助系统中，读者期望在范围上受到更多限制，并且赞助人往往通过各种形式的改写，强调对各种作品的"正确"解释。在差异化赞助系统中，公众阅读的范围通常会增加。

2. 意识形态

"意识形态"一词是由法国政治家德斯蒂·德·特拉西（Destutt de Tracy）在法国大革命时和他的朋友提出来，该词后来在社会领域和政治领域及学术研究中得到了大量的关注和运用。意识形态一词首先得到拿破仑的支持，后来又遭到拿破仑的排斥。因为后来拿破仑建立的君主制的阴谋遭到意识形态理论家的反对，所以拿破仑认为"意识形态"是消极的和具有贬义的。后来马克思接受这个术语并赐予其新的含义。马克思认为，意识形态是主导人类或社会团体的思想和表征系统。后来，法国哲学家路易斯·阿尔都塞使用"意识形态"来表示个体与其真实存在条件的想象关系。因此，意识形态明显与政治、权力和历史等密切相关。

在《翻译、历史与文化论集》一书中，勒菲弗尔认为翻译不是在真空中进行的，其是为权力服务的。勒菲弗尔早先将意识形态定义为"世界观"，后来他开始赞同弗雷德里克·詹姆森的意识形态概念，认为意识形态跟政治息息相关，且在某种程度上等同于政治。事实上，"意识形态并不仅仅囿于政治领域，还包括制约、规范我们行为的种种范式、传统和信仰等"。在一篇文章中，勒菲弗尔将意识形态描述为某个特定时间，某个社会认可或者可以接受的意见和态度构成的概念网格。根茨勒、勒菲弗尔将"意识形态"理解为一系列话语，这些话语都是为维护某些人的利益而存在的。简而言之，意识形态其实是个人、委托人存在的由个人构成的集团或机构对世界的看法和社会见解的总和，常常从政治、宗教、哲学、文学、艺术等诸多领域折射出来。翻译中的改写者总是受制于一定的意识形态，或者为这一意识形态服务，或者是处于这一意识形态的反面。列菲弗尔认为，"改写者在一定程度上会操控原文，为自己及所处时代的意识形态和诗学服务"。文学作品成为主流或者被排除在经典系列之外，不受一些模糊概念的影响，而是受意识形态等具体概念的影响。这也说明翻译和赞助中的意识形态是不可分割的。意识形态决定了人员将使用的基本翻译策略，因此也决定了如何解决翻译过程中的问题。

3. 诗学

勒菲弗尔认为，诗学可以被定义为文学应该（被允许）的形式。诗学往往由两部分组成：一部分是文学手法、流派、主题、原型人物与符号的创新；另一部分是文学作为一个整体，在社会系统中的作用。在选择主题时后者具有较大的影响力，也就是说如果文学想要被关注，必须与社会系统相关。在形成阶段，诗学既表现在创作手法上，也表现在文学体系中文学作品占主导地位的"功能观"上。

诗学的功能组成部分与来自外部的意识形态影响密切相关，而诗学本身，产生于文学体系环境中的意识形态力量。文学体系中新产生的诗学不会立即直接影响到过去已形成的诗学体系，但其新功能早晚会对整个文学体系产生新的影响。

任何诗学都不是绝对的，而是在不断变化。在文学体系中，占主导地位的诗学与文学体系开始时的诗学完全不同，而且其功能成分可能已发生变化，其创新部分也是如此。然而，每一种诗学都表现出绝对的倾向。

最后，通过改写所建立的，可变化的或正在变化的主流诗学将决定哪些文学原创作品和改写作品在特定系统中可以被接受，或者更确切地说，这样的诗学即是教师、评论家和其他人用来决定哪些文学是经典作品的试金石。

总之，勒菲弗尔基于俄国形式主义概念，认为翻译属于复杂文化系统中的一个子系统，与其他子系统密切联系、相互制约，因而翻译绝不会发生在真空中，也不是真空中的语言转换行为，而要受到大文化系统下其他因素的制约和影响。如果说改写者认同自己所处时代的主流意识形态，其改写则会受意识形态动机启发，相反，如果改写者否认自己所处时代的主流意识形态，其改写将在意识形态约束下产生。一些改写会受诗学动机的启发，或是在诗学约束下产生，因此我们可以控制文学创作和翻译内外两大因素。内部因素来自"专业人士"（Professionals），主要由教师、翻译家、评论家等组成，外部因素则主要指拥有相关"权力"的"人或机构"，他们或是促进文学创作和翻译或是阻止文学创作和翻译，这也就是安德烈·勒菲弗尔所言的赞助人（Patronage）。所有的改写者通常在某个"机构"占据一定的位置，其改写作品反映着某种意识形态，因此他们极力维护本组织意识形态，同时打击、摧毁对立意识形态，以保障他们既得的利益。

"赞助人通常关注的是文学的意识形态（ideology）"，而"文学家们通常关心的为诗学（poetics）"。无论他们创作的是选集、评论、文学史、衍生作品、文学作品、刊本还是翻译，改写者都会在一定程度上改编和操纵原作，使其符合当时的主流思想和诗学。简而言之，制约翻译活动的两大因素就是意识形态和诗学。内因是文学家及其诗学观念，外因是赞助人或机构及其意识形态，文学家或翻译家的诗学观念在赞助人或机构所制定的参数范围内起作用。也就是说，赞助人代表着某一文化或社会的主流意识形态，并会为此确立一套具有决定性作用的意识形态价值参数，而文学家和翻译家则在这一套参数范围内活动，实现他们的诗学追求。换言之，即内因通过外因起作用，或者诗学通过意识形态起作用。

三、勒菲弗尔（文化学派）的翻译改写观与葛浩文的翻译重写观之比较

勒菲弗尔改写理论对微观层面的翻译实践关注较少，尤其对微观层面的语篇研究等关注较少。其重点关注隐藏在赞助人、诗学、意识形态等文本背后的因素，引导人们将翻译研究的视野转向文化领域，扩大了翻译研究的范围，为翻译活动提供了新的标准，但他所讨论的是翻译研究的外部因素，而不是内部因素。但事实上我们不能忽视翻译的本体内部因素研究。葛浩文认为，翻译即重写，但并非"改写"。重写意味着对原文的接受，注重翻译

的内部因素,并且与原文保持密切的关系。重写强调译文与原文之间存在着一种协调的合作关系,而"改写"则折射出译文与原文的某种对抗关系,重写意味着与原文的协商和对话,而"改写"则隐含着对原文的挑战和怀疑。

  勒菲弗尔的翻译改写论使翻译研究者从关注文本内部因素转向关注文本外部因素,进而导致了翻译的文化转向,且使翻译的重心转向了文本外部因素。结果译本被暴力侵占,伤筋动骨。以刘慈欣的《三体》面世美国的翻译受权力、赞助、诗学、文本类型、意识形态等历程为例。2015年8月,第62届"雨果奖",堪称"科幻界诺贝尔文学奖"揭晓,刘慈欣以其《三体1》英译版夺得最佳长篇故事奖,此乃"雨果奖"光荣榜上亚洲第一人,也是中国当代科幻文学迈向世界的重要一步。首先从美国的主流意识形态来讲,中国日益强大,软实力逐步提升,外国人对中国文化的了解日益增长,出版一部能让美国人了解中国人,且又能带来经济效益的著作,成了众多美国民众的消费诉求。鉴于赞助人对翻译文本的选择,及译者的选择要求,此次的发起人选择了以出版科幻小说而闻名的托尔出版社(Tor Books)。该出版社的主编Liz Gorinsky(利兹·格林斯基)曾在一次访谈中提道:"当下的美国民众对中国在世界文化景观中的位置是极其好奇的,同样对来自中国的文化元素有较强的兴趣,因而三体这本书有潜力吸引许多对中国文化感兴趣的读者。"同时她还说:"在翻译出版过程中,最难的则是要'把小说翻译完'。"因而在物色译者时,她选择了美籍华裔科幻作家刘宇昆。但正如杨梓凤及何敏(2016)在《看不见的手:论意识形态对刘宇昆<三体>翻译的操纵》一文中指出的,译者受意识形态的影响,在翻译《三体》时增加了必要的词,从而使译文更符合目的语文化,符合西方读者的意识形态,同时译者为了使译文更简洁,符合目的语国家社会效应和社会意识形态,对原文进行了大量的删减。另外,《三体》中大量的改写也体现出译者个人深受意识形态、诗学和赞助人的影响。

  葛浩文的"翻译是重写"观点,实际上是用中文读,拿英文写,充分尊重原文、作者和源语文化。这就道出了翻译的本质——翻译是一种折中。在翻译过程中要考虑到读者的接受倾向和出版商的市场期待,但过分迁就市场因素和出版商与编辑的权力操纵,有可能造成对源语文化的暴力侵占,也可能助长英语读者的文化自恋情结,从而加深西方对东方的文化殖民和文化霸权等。因此,忠实仍然是他进行翻译实践所遵循的第一准则。译者是作者和读者的传递者,是源语文化和译语文化的协调者。以葛浩文翻译莫言的《檀香刑》为例,译本背后所透露的葛浩文翻译思想是翻译首先要忠实于原文。

《檀香刑》几乎每一章都以咏叹调开头,在葛浩文的翻译中,对照正式英语翻译,我们可以看到歌剧中的部分唱段穿插在叙事散文之间,其中的行文由斜体文本标示。而且,这些演唱的段落通常是韵律和押韵的,包括大量的词汇,但这些词汇与音乐有关,而与歌剧的基调和乐器不相关。

葛浩文在《檀香刑》的翻译过程中提到,《檀香刑》的翻译让其感受到中文和英文的区别是如此之大。中文的押韵很容易,英文很难,葛浩文知道他必须作出一些选择。如果人们在了解了文本中人物关系的情况下去阅读那篇文章,则葛浩文通常希望读者会说:"你知道,如果你大声说出来,听起来很酷。"他以《檀香刑》小说中一个学校的校长写下的中文规则的翻译为例,讲解翻译过程中为了忠实于原文创作,规则应该是这样,即其呈方形,看起来像一块豆腐,每一行字都是一样的包装,每一行都是一样的数字,且每一行都押韵。所以葛浩文说:"这是个挑战我写了好几天,直到我写出了一首英文诗,完全正方形的,每行字数和词数都一样,每行押韵都和中文一样。"这个事例呈现了葛浩文忠实于原文的创作理念。《檀香型》的翻译有删减,但那是出版社编辑在进行审核时,为了迎合读者的品位,为了迎合书本,而做的决定,不是译者的本意。

虽然葛浩文的译著中也有个别误译的现象(宋庆伟,2015;朱振武,2014),但是他的误译不是操控,因为他的误译是基于误解翻译基础上的,而不是为了出版或符合目的语当下的诗学而有意为之。在此,作者把带有目的的误译理解成操控,即改写。

尽管葛浩文的中文功底如季军所说:"他们为了检测葛浩文汉语水平,说了几个荤段子,权当玩笑,谁知葛浩文神闲气定地慢慢拆释,检测结果当然为优秀。"但是,百密难免一疏,见下文例子。

例1 余司令对大家说:"丑话说到前头,到时候谁要草鸡了,我就崩了他。咱要打出个样子来给冷支队看看,那些王八蛋,仗着旗号吓唬人。老子不吃他的,他想改编我?我还想改编他呢!"

I'm warning you guys, Command Yu said to his men. I'll shoot any one of you who turns chicken. We have to put on a good show for Leng and his men. Those bastards like to come on strong with their flags and bugles. Well, that's not my style. He thinks he can get us to join them, but I'll get him to join me instead.

这里"草鸡"是山东方言,意为胆小怯懦,耐不住恐吓。译者译成turns chicken,用于传达余司令对自己队伍的信心,而不惧怕冷麻子的军队,此处译为become coward,更能达意,也能让读者更好地理解上下文。

本节对葛浩文和勒菲弗尔关于"Translation is rewriting"的不同阐释，做如下总结，见图 3。

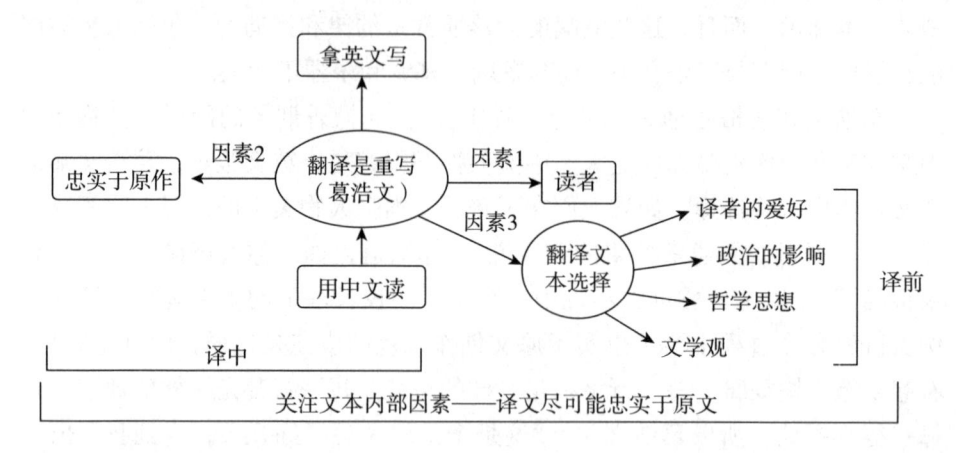

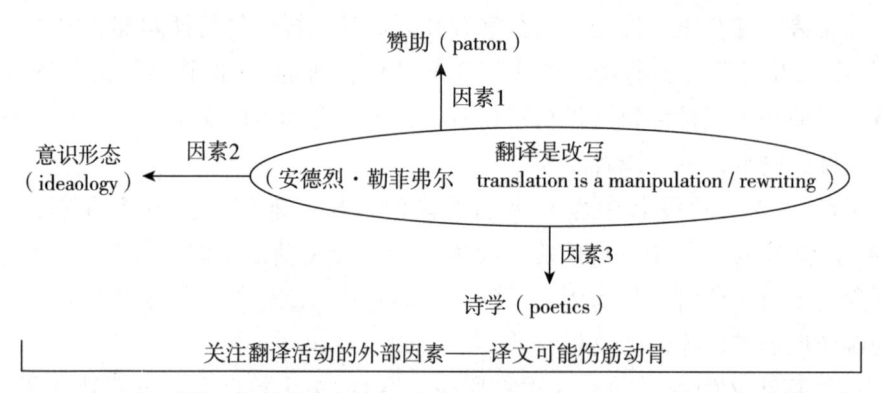

图 3 葛浩文与勒菲弗尔关于"Translation is rewriting"的不同阐释

第四章 《生死疲劳》之葛浩文英译本解读

第一节　中华文化自信视角下《生死疲劳》的人名翻译解读

小说中的人物命名从来不是随心所欲的，必然是作者深思熟虑的结晶/成果，小说中的人物命名反应特定的社会现实，或反映时代脉络。正如《人名与社会》一书的作者尼科诺夫所说："越是著名的大师，在为自己作品主人公选择名字时越是谨慎。"《生死疲劳》小说的命名体现了中国命名文化中的"贱名者长生"心理。本节将以莫言长篇小说《生死疲劳》小说中典型人物命名为代表探讨小说人名的翻译，剖析作者所用策略及策略背后所反映的文化心理。

《生死疲劳》的创作时间长达50年，作者从1950年写起，一直写到2000年底，前后包括解放初期、土地改革、抗美援朝、包产到户、全面改革开放等主要历史时期，其中的人物并不多，但每个人物的名字都带有时代背景，深深地打着历史的烙印，如蓝解放、黄互助、黄合作、庞抗美、马改革、蓝开放等，这些中文名字所蕴含的文化含义与当时中国的时代特点、特征无不相互联系。而且，莫言小说的人物命名亦是地方文化的一种反应。莫言曾在2012年10月29日红高粱文化节中表示，"自己写小说是继承高密文化，是向高密的乡亲们学习的基础上开始的"。此外，有些中国人物命名还折射出中国人对这些人物寄托的美好愿望，如蓝金龙、蓝宝凤等。

一、《生死疲劳》人名翻译策略

葛浩文对《生死疲劳》中的人名进行翻译，一反以往译者单纯采用注释如脚注、尾注等的方法，而代之以音译和音译加解释的策略。

（一）音译（transliteration）

音译示例如下：
例1　村长兼村支部书记洪泰岳，大声咋呼着。（莫言，2012：16）
The village chief and Party secretary, Hong Taiyue, shouted.（Goldblatt,

2008：21）

例2 那个在生产资料门市部卖农具的王乐云是我的妻子。（莫言，2012：40）

Wang Leyun, who sells farming implements is the sales department of the production unit, is my wife. (Goldblatt, 2008：76)

对《生死疲劳》中所有人名进翻译时，尽管译者使用音译的方法，但是姓和名的翻译顺序已不再是英美读者熟悉的先名后姓，而是直接采用中文的表达方式，即先姓后名，这一异化的"创造性叛逆"一改先名后姓的翻译常规，无疑能给目的语读者带来一种别有情趣的异国风味。

（二）音译加解释（transliteration and explanation）

音译加解释指的是在对人名进行音译的基础上，适当增加人名内涵的解释，即通过意译的手法解释源语读者视为理所当然，而目的语读者却不甚了解的信息。

例3 西门闹，你还闹吗？（莫言，2012：9）

Ximen Nao, whose name means West Gate Riot, is more rioting in your plants? (Goldblatt, 2008：3)

西门闹作为小说的叙述者，名字内涵是作者刻意赋予的，因此译者只有将其含义表达出来，方能产生一定的效果。西门闹，即为门口闹事的人物，小说以其四次投胎轮回转世而展开，是一个具有个性，且对现状不满而闹事的人。葛浩文先用汉语拼音将人名音译出来，再加释义 whose name means West Gate Riot，将人名的双关意义表达得淋漓尽致。葛浩文的翻译不是译文加注，而是通过解释，将人名的双关意义表达出来。这种翻译貌似背叛了原文，实则能顺利引导西方读者了解中国式幽默双关。

例4 这小子无名无姓，左脸上有巴掌大的一块蓝痣，我随口说，你小子就叫蓝脸吧，姓蓝名脸。（莫言，2012：9）

The boy had no name, but since he had a blue birthmark on the left side of his face, I told him I'd call him Lan Lian or Blue Face, with Lan being his surname. (Goldblatt, 2008：13)

例5 黄瞳盯了我一眼，立刻把目光转了。他的金黄的瞳仁那么亮，宛若两颗金星星，黄瞳呀黄瞳，你爹娘给你起这个名字，可真起得妥当呀！（莫言，2012：11）

Huang Tong gazed at me briefly, and then looked away. His golden yellow irises sparked like gold stars. Huang Tong, I said, Yellow-eyed Huang, your parents named you well. (Goldblatt, 2008: 8)

中国命名文化中，以人身上的某个器官或者某个记号命名，使之与众不同，这种命名方法由来已久。小说中的黄瞳其所以取名黄瞳，乃是因为其瞳仁闪光发亮，宛若两颗金星。蓝脸之所以取名蓝脸，也是因为其左脸上有巴掌大的一块蓝痣。译者在翻译这两个人名时，为了将作者的创作意图充分表达出来，真是绞尽脑汁、煞费苦心。例 4 中，将蓝脸先音译为 Lan Lian，然后添上 or Blue Face 进行解释，可谓妙笔生花。例 5 中，也是先将黄瞳译为 Huang Tong，之后来一个 Yellow-eyed Huang 予以说明，无异锦上添花。

例 6 第二年初春他就生了龙凤胎，男名西门金龙，女名西门宝凤。（莫言，2012：14）

So we name the boy Ximen Jinlong, or Golden Dragon, and the girl Ximen Baofeng, Precious Phoenix. (Goldblatt, 2008: 14)

例 7 他姓庞名虎，面如重枣，目若朗星。（莫言，2012：40）

His name is Pang Hu, which, interestingly, means Colossal Tiger. He has a face like a date and eyes like the brightest stars. (Goldblatt, 2008: 75)

龙、凤、牛、虎等一些动物名称被中国父母用来给小孩取名，其是希望子女具有上述动物身上的某些优秀特征。例 6 中的金龙、宝凤一男一女，是西门闹的一对儿女，以龙、凤取名，既可显示男女不同性别，亦含有望子成龙，望女成凤，使其出人头地，光宗耀祖之意。例 7 中的庞虎，一听名字，便立马给人一种虎背熊腰，身强体壮的感觉。译者在翻译运作中，先采用音译的方法，译出金龙与宝凤，再以 Golden Dragon 与 Precious Phoenix 进行解释。这种事半功倍的手段令人叹为观止。翻译庞虎的方法以及产生的效果亦复如此。

例 8 屋子里传出了蓝解放的啼哭声，你知道谁是蓝解放吗？（莫言，2012：16）

The cries of newborn Lan Jiefang emerged from the house. Do you know who Lan Jiefang—Liberation Lan—is? (Goldblatt, 2008: 19)

（先按中文习惯翻译，再按英语习惯翻译）

例 9 这两个女孩，长名互助，幼名合作。他们姓黄，是黄瞳的种子。（莫言，2012：16）

The first one out was named Huzhu—Cooperation—and her sister was called Hezuo—Collaboration. They are offspring of Hunag Tong (Goldblatt,

2008：21）

　　自新中国建立以来，不少父母往往以当时经济建设、政治运动或相关活动的标志性特点给自己的子女命名。这无疑也是一种具有中国特色的命名文化，如建国、开国、卫国、援朝、跃进、拥军、文革、改革、奥运等，而例8中的蓝解放，例9的中黄互助、黄合作便是如此。译者要运用先音译、后解释的策略进行移译。有学者认为，"译者这样处理有他独具匠心之处，因为这样的翻译法只用于最重要的叙述者"（邵璐，2012：98）。但笔者觉得译者采用此法的另一重要原因是这些人名体现了中国社会改革的进程，将这些人名的内涵意思表达出来，有助于国外读者对中国文化，特别是对当代中国文化的进一步了解。

　　当然，译者并非对小说中的每一个人名都作这样的处理，如小说中的庞抗美，含有当年中国人民抗美援朝的寓意，译者在翻译这个人名时，也许是出于多种考虑，便没有将其言外之意译出。此外，译者对小说中一些无关紧要人物名字的内涵也没有以解释的方法译出，大概是源于这些人名蕴含的文化信息不是作者所要传达的重要信息。

二、人名翻译的动因及启示

（一）葛浩文人名翻译的动因

　　小说作品中人名的翻译是公认的难点，人名翻译恰当与否直接影响译文的可读性，影响人名中文化内涵的传播，甚至影响中西文化有效交流。综观以上典型的小说人名翻译，译者葛浩文对人名进行翻译的原则可概括如下：对于普通人名，译者则按照国际翻译惯例兼顾汉语人名的拼读习惯，进行先姓后名形式的音译。但是莫言小说中的人名往往是作者殚精竭虑刻画人物形象、反映时代特色、表达当地文化或昭示人物性格及命运的智慧结晶。对于这一类的人物命名，译者需综合考虑多种因素，采用先姓后名音译加解释方法，不失时机地在句中进行名字含义解释，或采用先姓后名直译策略。对于极个别反映某个人物性格特征或生理特点的绰号，译者可采取先名后姓的意译。

　　葛浩文采用以上策略进行翻译的目的如下：其一是保证目的语读者阅读的可读性、流畅性；其二是跨文化交流方面，让目的语读者了解中国文化。就前者而言，如果译文中对人名翻译有太多注解，就会影响读者阅读的流畅性，正如译者葛浩文所言，"行文中注释过多，译文会显得'凝滞'，如果要一篇故事发展流畅，便不该使读者经常在页尾去看注释。翻译家只要用一点点儿想象力，大部分的解释都可以避免"（孙会军，2011）。但是如果完全没有解释，单一的音译则会导致人名中的文化信息缺省，进而导致传达不到位，遮蔽小说的文学创作艺术，减弱作品的阅读乐趣，甚至导致目的语读者对原作或原文化误读误解。就后者而论，翻译的目的是促进跨文化交流，作者莫言也希望自己的作品能够传播到国外，让更多的外国读者了解中国文学、中国文化。译者葛浩文本人更是直接表达了自己的喜爱——热爱中国文学，热爱中国文化，同时不但自己被莫言小说中独特的异质文化所吸引，而且立志将这些优秀的文学作品及文化译介给其他西方读者。因此在翻译时，除了要强调译文的可读性，译者还要确保文学创作中作者对人物进行命名的意图得以表达出来，将名字背后的文化或时代背景表达出来，增进外国读者对中国文化的理解，使其更好地领会作者创作意图。葛浩文力求传达原文作者的意图，倡导最大限度地传递小说中的异质文化因素，即通过翻译来达到促进跨文化交际的目的。毋庸置疑，音译，特别是音译加解释及意译策略，正好可以满足这两个方面的需要，即使译文读起来变得流畅，也使译文读者阅读之时不用大查字典就可以获知源语文化。

（二）葛浩文人名翻译的启示

从人名翻译方面而论，众多学者仁者见仁，智者见智，提出了不同的翻译策略、翻译原则或翻译理据。王晓元（1993）提出：为了读者和学者的查阅方便，译者最好能将作品中人物名称英汉对照表附于书后。杨永和（2009）教授从动态顺应的角度，考察人名英译的语用问题。骆传伟（2014）从认知角度分析人名属性和人名翻译属性，指出在指称性、唯一性和专属性三方面，译名与原名应当具有同等效果。丁立福与方秀才对中国人名拼译理据进行详细考证，指出人名英译理据遵循以下原则，如："文化自信，名从主人；尊重历史，与时俱进；完善标准，统一译名"，另有"约定俗成"等原则对人名的翻译起到了一定的规范作用，同时对小说人名翻译也起到了一定的借鉴作用。

文学作品中人名翻译是否恰当直接影响读者对文学作品人名寓意的理解，有时关系到对整个作品的正确理解。直接音译时，译文读者很难产生与原文读者类似或等同的阅读心理效果。直接意译可能导致汉语人名"形"的缺失，而过多的音译加注则有可能影响读者阅读文本的流畅性、可读性。从葛浩文译作中对人名的翻译不难得出这样一个启示：文化自觉（信）、尊重差异、音意兼顾、融入文本。

在处理文学作品人名翻译时，葛浩文作为一位高素养的翻译家，具有强烈的文化意识及浓厚的文化观，胸有中华文化自信，在人名翻译中提倡"和而不同"的文化观。为了让译文读者对原作者命名人物的意图有较好的理解，有些译者往往不得不舍其"音"而取其"意"，采用意译的手段，而葛浩文先生在译《生死疲劳》时则不走寻常道。虽然无法对音、意、形三者兼顾，但也要兼顾音、意。特别在音方面，他坚守中国姓名中先姓后名的拼法。为了"替读者省去查字典的功夫"，把小说中的人名都放在文本中进行解释，很少使用注脚。实际上使用音译加解释的方法，也即音、意兼顾的原则，还是较受读者欢迎的。

文学作品人名翻译不管是音译还是音意结合，首先得考虑文化内涵，那些含有浓郁文化色彩和民族风味的人名尤其应该在译文中原汁原味地保留下来，因为这些人名文化沉淀深厚，在原文学作品中的分量很重，不留不足以传达人名的文化内涵。对于人名背后的隐形文化，翻译时与其直译加注，不如将含义融入文本，让读者无须停下来查字典便能理解人名的文化含义，这一点很值得后人借鉴。人名中所蕴含文化的传递程度同样最能体现译者对待源语文化的态度。

第二节　中华文化自信视角下《生死疲劳》中文化负载词的解读

文化自信是一个民族、一个国家以及一个政党对自身文化的生命力持有的坚定信心。在全球化的背景下，坚定文化自信，才能在面临其他文化冲击时不迷失方向。《生死疲劳》是诺贝尔文学奖获得者中国作家莫言的一部长篇小说，这部小说获得第二届红楼梦奖和第一届美国纽曼华语文学奖，在国内外受到了广泛的关注。书中充满了各类文化负载词，而这些词展现了中国的文化特色，也造成了翻译困难。本章从文化自信视角对书中的部分文化负载词进行分类、分析，旨在探寻怎样翻译才能使外国读者理解文化负载词，同时了解中国的文化。文化的传播与发扬离不开译者对这部作品文化的信心。

一、文化自信概述

（一）文化自信的定义

文化自信是对一个国家、一个政党文化价值的充分肯定和积极实践，是对其文化生命力的坚定信心（赵银平，2016）。人们对自己国家的文化自信首先体现在对于传统文化的深刻情感上，是人们对传统文化的归属感、认同感与荣誉感的统一。中华民族有着五千多年的历史，多年来积累的点点滴滴的文化都是我们的重要财富，这些文化在生活中潜移默化地影响着每一个人的成长，每个人的成长轨迹都留有这个国家的文化印记。平常到人们穿的服装、吃的食物、住的房屋，这些都凝聚着一个国家的文化。其次体现在对自己国家文化的了解、对学习和传播传统文化的浓厚兴趣上。中华文化凝聚了世世代代的智慧结晶，可谓是博大精深。学习、了解中华文化是对中华文化中丰富思想的继承和发扬，在飞速发展的新时代，我们尤其应该学习继承发扬中华传统文化。人们拥有文化自信不代表否认外来文化。对于外来文化，人们要理性地进行分析，对于外来文化中的优秀成果，人们可以进行学习和借鉴。

总而言之，文化自信不是对一个国家文化的盲目自信，而是对这个国家文化的坚定信念，这个信念基于对文化的了解与传承之上。

（二）文化自信的重要性

当前的世界正处于发展变革，大调整的时期。文化在综合国力竞争中的地位和作用更加突出，因而维护国家文化安全这一任务更加复杂而艰巨。随着全球化进程的推进，世界各国之间的互联互通得到加强，全球文化交流、碰撞和融合更加频繁，同时西方文化价值观持续渗透。文化自信是应对西方文化冲击、维护国家文化安全的强大精神支柱，只有坚定文化自信，才能在面临其他文化冲击时，不迷失方向。其次，我国想要在 21 世纪中叶建成世界科技强国，就必须重视科学文化建设在历史进程中扮演角色的重要。与此同时，我们也有必要增强文化自信。文化自信不仅表现在对自己文化价值的认同上，而且表现在对创造性文化的信心和决心上。创造性的中华民族文化可使有着悠久历史的中华文化重新焕发生机与活力，助力我国文化强国之梦的实现。

二、对外翻译中外国译者的中华文化观

无论是中国译者还是外国译者,在翻译中国作品时,都有各自的优劣势。外国译者更了解外国读者的需求,中国译者更了解作品蕴含的文化。为了提高各自的翻译水平,中国译者可以学习外国译者的译本,研究译者惯用的翻译策略,译出更易于外国读者接受的译文;外国译者则可以从中国译者的译文中了解作品蕴含的中华文化,传播博大精深的中华文化。

因此,在对外翻译过程中,外国译者的中华文化观就显得尤其重要。每一种文化都有它的长处和弊端,外国译者能否正确地认识中华文化,将影响译本的呈现。译者既不应不假思索地全盘接受中华文化,也不应盲目地全面批判中华文化,无论哪种态度都会使作品中的中华文化失真。译者应该以一种尊重的姿态了解中国文化,同时本着促进中西方文化交流的原则传播中华文化,吸收中华文化中的精华。

《生死疲劳》的译者葛浩文是一位著名的美国汉学家,翻译了大量的中国文学作品,被誉为"西方首席汉语文学翻译家"。莫言曾说:"葛浩文常常为了一个字、一个词,为了小说中我所写到的他不熟悉的一件东西、一件事情而反复磋商……"[①] 因此,不难发现葛浩文翻译文学作品时非常严谨,愿意为每一个不懂的地方花时间、探索每一件东西的文化背景。葛浩文说过:"译者如何处理翻译问题,我们如何应付复杂的跨文化交流活动是我们要思考的问题。"[②] 葛浩文是喜爱中华文化、相信中华文化的,而且他认为中美文化各有特色,因此在翻译过程中会坚定地保留中华文化的特色,有时甚至不自觉地支持中华文化。

三、《生死疲劳》中的文化负载词

莫言的长篇小说《生死疲劳》这本书通过一个地主的双眼来探索20世纪后半叶中国的改革发展,书中的地主人物在被枪毙后历经六次转世,分别为驴、牛、猪、狗、猴和大头婴儿蓝千岁。转世为驴时,投生到他曾经无意救下后成为他的干儿子兼长工的蓝脸家;转世为牛时,在集市上被蓝脸与儿子蓝解放买回;转世为猪时,西门闹投生到了西门屯杏园猪场,成了猪十六;转世为狗时,投生到了蓝脸家,叫作狗小四;转世为猴时,他是西门

---

① 李文静. 中国文学英译的合作、协商与文化传播:汉英翻译家葛浩文与林丽君访谈录[J]. 中国翻译,2012,33(01):57-60.

② 葛浩文. 葛浩文文集:论中国文学[M]. 闫怡恂,译. 北京:现代出版社,2014:30.

欢和庞凤凰耍猴卖艺用的猴;转世为人时,他是开放与凤凰的畸形儿子——蓝千岁。小说借各种动物的眼睛,呈现了"文革"时期中国乡村社会的荒诞与混乱。书中充满了魔幻现实主义,生动地描述了那个时代的社会变迁,因而使本作品获得了第二届红楼梦奖和第一届美国纽曼华语文学奖。由于《生死疲劳》的写作背景以及作者独特的写作手法,《生死疲劳》中充满了各种各样的文化负载词,而文化负载词的翻译是否得当对于文学的传播至关重要,其翻译的准确性和流畅性极大地影响着读者的观感。译者应在忠实原文的基础上保障译文的流畅性,让读者读懂译文的同时了解中国的文化。因此,从文化自信的角度研究《生死疲劳》中文化负载词的英译,对于丰富翻译理论、提高翻译实践以及提升文化软实力意义重大。

文化是一个广泛的概念,包括却不仅限于衣食住行等。文化是相对于经济、政治而言的人类全部精神活动及其产品,是一个地区人类的生活要素形态的统称。具体的人类文化内容包括历史、地理、文学、艺术、服饰、建筑、风土人情、传统节日、风俗习惯、交通工具、生活方式、宗教信仰、法律制度、思维方式、价值观念、审美情趣等。

语言是民族文化的载体和真实写照,是民族文化中非常重要的一部分。各国的生态环境、物质文化、社会背景以及宗教信仰等存在很多差异,这些差异不可避免会体现在语言上,尤其在词汇层面。这些词蕴含了一个民族的文化,无法在其他语言中找到对应词,因此会导致语义上的空缺和翻译上的困难,这些词就是文化负载词。莫言在《生死疲劳》这一长篇小说中,将魔幻现实主义与民间故事、历史与当代社会融合在一起,使用了大量的文化负载词,因此对译者的文化底蕴要求较高。

(一)文化负载词的定义及分类

胡文仲在《跨文化交际学概论》对文化负载词给出如下定义:"文化词汇是指特定文化范畴的词汇,是民族文化在语言词汇中直接或间接的反映。"词汇的意义分为外延意义和内涵意义两种。字典里的释义一般是词汇的本意,即外延意义。词汇的内涵意义则是基于字典中外延意义延伸出来的联想意义。随着时代、文化、国家的不同,内涵意义也会有所不同。例如,中国的"龙"在古代是皇权的象征,经过演变发展成了中华民族的一个文化标志,这就是它的内涵意义。而美国的"dragon"则是贪婪、邪恶、凶残的象征,而且在童话故事、文学作品中,它是令人惧怕的存在,斩龙的人通常被视为勇士或者英雄。不难看出,中国的龙和美国的"dragon"代表的不是同样的事物，因此在翻译中直接画等号是错误的做法，因为这样忽略了外延意义下隐藏的文化内涵。龙和"dragon"这样的字、词、表达，蕴含了一个国家、一个民族的文化。笔者认为，这些承载着民族文化的词就是文化负载词。

美国翻译理论家尤金·奈达将语言文化特征划分为五大类：生态文化、物质文化、社会文化、宗教文化和语言文化。本章根据奈达的分类将文化负载词也分为五大类：生态文化负载词、物质文化负载词、社会文化负载词、宗教文化负载词和语言文化负载词。

不同地域、国家因特有的气候和环境造成了全球多样性的生态文化，各个区域和国家、民族有着自己独特的生态文化，主要包括动物、植物、地理、环境、气候等。这些独特的生态文化体现在语言上就形成了生态文化负载词。例如，梅花象征高傲不屈，竹子象征节节高，兰花象征坚贞高洁等。人类创造的物质产品，如食物、饮品、建筑物、服饰、交通工具等都归属于物质文化。不同国家的物质文化各有特色，由此形成了大量的物质文化负载词，如外国的"Bloody Mary""Burberry"，中国特有的唐装、旗袍、汉服等。各种文化现象和文化活动构成社会文化，因此社会文化负载词包括价值观、风俗习惯、传统观念和人际关系等，如"LGBTQ""individualism""合卺""舞狮子"等。民族的宗教信仰因历史时期、地区的不同而不同，且随着时间的推移，宗教不断与其他思想互相融合、互相渗透。由此，各民族都逐渐形成了属于自己的宗教文化。例如，大多数美国人信奉基督教，中国信奉道教、佛教的人多于信奉其他宗教的人。因此常见的宗教文化负载词有"抱佛脚""面壁""baptism""Jesus Christ"等。每种语言都有自己的特点，而体现出这些特点的词汇就是文化负载词，其中蕴含着一些修辞手法，如英文常用的 alliteration（Wild West Wind）、oxymoron（victorious defeat）、中文的顶真（知无不言，言无不尽）、通感（感时花溅泪，恨别鸟惊心）等。

（二）文化负载词

本节选取了《生死疲劳》中 26 个例句进行分析，其中涉及 29 个文化负载词的翻译，整理如下：

风光　　　glorious

攀高枝　　on one's way up to a higher limb

风餐露宿　dine on the wind and sleep in the dew

根不正苗不红　　no red roots to fall back on

借坡下驴　　like a man climbing off his donkey to walk downhill
一丈白绫　　a one-zhang white silk
青布　　a black cloth
搭腰　　cinch
饺子　　jiaozi
烧酒　　liquor and spirits
豆腐　　Doufu/ bean curd
白大褂　　white gown
金银细软　　gold, silver, and other valuables
黄皮子　　the Japanese army and the puppet soldiers
薄皮棺材　　a meager coffin
陪嫁丫头　　a maidservant
龙凤胎　　a long and feng birth
阴曹地府　　the nether world
救人一命，胜造七级浮屠　　saving a life is better than building a seven-story pagoda
劫数　　inexorable doom
积德　　earn credit from the act of charity
纸钱　　spirit money
西门闹　　Ximen Nao, whose name means West Gate Riot
连珠炮般　　rapid-fire
一挑子/两箩筐　　a basketball of
聪明猴儿，顺着竿儿往上爬　　a smart little pole-shinnying monkey
肥水不流外人田　　Good water must not irrigate other people's fields.

（三）文化自信视角下《生死疲劳》中文化负载词的翻译

坚定文化自信，就是要求译者在继承中华优秀传统文化的基础上吸收其他文化的优秀之处，最后将其变成具有中国特色的新文化。译者对待外来文化不能全盘归化，也不能全盘否定或加以曲解。译者应充分了解源语的文化背景后进行翻译。翻译过程中，译者要努力发挥其创造力，尽可能展现对中国文化自信，但这并不意味着译者要照搬中国特色词汇，而是要将词汇中的中国特色融合在目的语中。

1.《生死疲劳》中生态文化词的翻译

生态文化词的翻译示例如下：

例1 这是我驴生涯中最风光的一段时间。（莫言，2017）

This was the most glorious period of my entire donkey life.（Howard Goldblatt, 2012）

"风光"指风景、景色，亦指繁华景象，引申义为光彩、体面。葛浩文在这里将"风光"翻译为"glorious"，他查阅了词语背后蕴含的文化，直接译出了作者要表达的意思，从而避免了歧义及误译的情况。

例2 这样做算不算背叛主人、另攀高枝？（莫言，2017：87）

Could this be considered an act of betrayal to my master on my way up to a higher limb?（Howard Goldblatt, 2012：97）

"高枝"的意思是（一棵树上）较高的树枝，通常用来比喻高的地位或地位高的人。攀高枝指跟社会地位比自己高的人交朋友或结成亲戚，英文中的"高枝"并没有这一文化意义，因此对应的译文中往往不会出现"高枝"这一生态文化词。但是，葛浩文并没有选择借译，而选择了重新翻译，使用了直译的翻译方法。中国作家惯用四字词，而英语的写作体系则截然不同。因此，使用相同的结构表达原文作者的意图是相当困难的。尽管此处的译文与原文的结构不一致，但其中的中华韵味得以保留，中华文化观也展现了出来，反映了葛浩文对中华文化的认同，保留了中华文化中这一特色表达，既表现出了中文的生动又体现了对中华文化的自信。

例3 我们一路上风餐露宿……（莫言，2017：89）

Along the way we dined on the wind and slept in the dew.（Howard Goldblatt, 2012：99）

"风餐露宿"指在大风中进食吃饭，在露天的环境中睡觉，形容旅途或野外工作的辛苦。中国作者爱用生态意象来更清晰生动地表达自己的感情。葛浩文显然喜爱中华文化且赞同这种写作手法，即通过意象的象征意义表达感情，所以他使用直译策略翻译这些生态文化负载词，在译文中突出源语的文化特色，将"风""露"这些意象直译出来，让读者从这些意象中体会路途的艰辛。这样彰显出了葛浩文的文化自信，且突出了源语的文化特色。

例4 像我们这种根不正苗不红的人，跟着潮流走也许还能躲过劫难……（莫言，2017）

For people like us, with no red roots to fall back on, going with the tide may be the only way to avoid disaster... （Howard Goldblatt, 2012）

中国人常说落叶归根，这里的"根"指的就是人的出身。"根红"指家庭出身好，如工人、贫下中农、军烈属子弟，过去认为这样家庭出身的子弟就一定好。"苗正"指不受旧思想的影响。"根红苗正"是一种"文革"时期的说法。葛浩文的译文充分理解了这句话背后的意思，即没有可以依靠的良好的家庭背景，在翻译出隐含意义的同时也保留了中国"根""红"的说法，既方便了目的语读者的理解，又传播了源语的文化。

例 5 我看到洪泰岳满脸僵硬的线条顿时和缓起来，他借坡下驴地说……（莫言，2017：24）

I saw the tautness in Hong Taiyue's face fall away. Like a man climbing off his donkey to walk downhill, in other words, using her arrival as a way forward, he said... （Howard Goldblatt, 2012：26）

借坡下驴，指借着有利的地势下驴，常用来比喻利用有利条件行事。原文中该文化词用来表示洪泰岳借着迎春给的理由缓和气氛，葛浩文使用了文内注释法，即先翻译文化词的字面含义，再解释该文化词的内在含义，既包含了中文的习惯表达，又传达了原文蕴含的文化语意。

2.《生死疲劳》中物质文化词的翻译

物质文化词的翻译示例如下：

例 6 他还写了一个孝顺的儿子，从刚被枪毙的人身上挖出苦胆，拿回家去给母亲治疗眼睛。（莫言，2017：8）

He wrote about a filial son who cut the gallbladder, the seat of courage, out of an executed man, took it home, and made a tonic for his blind mother. （Howard Goldblatt, 2012：8）

物质文化负载词"胆"蕴含着两个文化意义。一是胆和胆量有关系。过去人们普遍认为一个人胆量的大小与他的胆有关系，没了胆也就没了胆量。这种说法大概是因为胆量里有一个胆字。二是熊胆能明目。熊胆过去被认为是治疗眼睛的民间偏方。葛浩文用了增译法，在翻译字面意思后用定语从句解释了此处的第一种文化含义，而尽管其与上下文的联系不大，但站在文化自信视角来看，人们能够理解葛浩文积极传播中华文化的目的，译文展现了中华物质文化的独特色彩。

例 7 你应该立即去死，我赐你一丈白绫……（莫言，2017：16）

You should do away with yourself at once. I'll give you the white silk to do it...（Howard Goldblatt, 2012:17）

"白绫"是一种布料，即白色的绫罗，常用于古代君王赐罪臣自裁之时，也就是俗话说的三尺白绫，后来也有一丈白绫的说法。这里的三尺和一丈指的是长度，但实际上不一定是正好三尺或一丈，通常上吊用的白绫都称为"三尺白绫／一丈白绫"。英文中没有这种用白绫上吊自杀的文化背景，但葛浩文却在此处选择在译文中将"白绫"这种物质文化词表现出来，忠实地展现中国的物质文化。

例8 主人头戴一顶棕色绒帽，穿着三表新的棉衣，腰里扎着青布搭腰，手持一柄木梳，梳理着我身上的毛。（莫言，2017）

My master, wearing a brown felt cap and a brand-new padded coat cinched at the waist by a green cloth sash, was brushing my coat. (Howard Goldblatt, 2012)

过去人们口中的青布通常指的是黑色的布，此处将"青布"译为"a green cloth"实为误译，应改为"a black cloth"。"搭腰"是牲口拉车时搭在背上使车辕、套绳不致掉下的用具，多用皮条或绳索做成。文中的"搭腰"指的是固定棉衣的布条，葛浩文将搭腰动词化，与莫言将搭腰用来描写人的做法有异曲同工之妙。葛浩文将中国文化融入了英语语言体系，富有创造力且令人耳目一新。漏译的"手持一柄木梳"可加在句末，译为"with a wooden comb"。

例9 小黑，过年了，吃饺子吧。（莫言，2017）

Little Blackie, it's New Year's, have some dumplings. (Howard Goldblatt, 2012)

"饺子"是深受中国人民喜爱的传统特色美食，又称水饺，是一种有馅的半圆形的面食，是中国民间的主食和地方小吃。类似"饺子"这种具有中国特色且为外国人熟知的食物，可直接选择音译。

例10 今晚你就会伴着烧酒进入许宝肠胃……（莫言，2017）

Tonight you'll accompany a mouthful of strong liquor down into Xu Bao's guts... (Howard Goldblatt, 2012)

"烧酒"指的是用蒸馏法制成的酒，透明无色，也称白酒。国家市场监督管理总局、国家标准委于2017年11月20日联合发布的《公共服务领域英文译写规范》中规范了"白酒"的翻译为"liquor and spirits"，类似的情况还有书中第二章出现的"豆腐"，应译为"Doufu"或"bean curd"。规范翻译不会让外国人困惑，对中华文化的推广也有帮助。

例 11 立刻就有一群身披白大褂的男女从屋子里跑出来……（莫言，2017）

A bunch of men and women in white smocks came running out ...（Howard Goldblatt, 2012）

"白大褂"通常指的是医护人员穿的工作服，有时也用白大褂指代医生。上文西门驴带着蓝脸到达医院，因此这里的"白大褂"指的就是医生的工作服。医生的工作服有其专有的名词，在翻译时应首先考虑有对应词的固定翻译，因此将"白大褂"翻译为"white gown"更合适。

3.《生死疲劳》中社会文化词的翻译

社会文化词的翻译示例如下：

例 12 我们家全部的金银细软……（莫言，2017：10）

The family's gold, silver, and other valuables...（Howard Goldblatt, 2012：10）

"金银"是中国古代的硬通货，"细软"原义为细致柔软，后引申为轻便而又容易携带的贵重物品。原文使用"金银细软"一词表达家里的贵重物品，而由于过去西方硬通货多为黄金，此处葛浩文并未删减，而是将金银逐字翻译出来，让读者了解中国过去的硬通货。

例 13 既要应付游击队，又要应付黄皮子……（莫言，2017）

I had to cope with the guerrillas and the puppet soldiers...（Howard Goldblatt, 2012）

"黄皮子"是方言，指黄鼠狼。原文将游击队与黄皮子并列，而联想当时的历史背景就知，此处的"黄皮子"应指的是身穿土黄色服装的日伪军。日伪军包括日军和伪军，伪军指由侵略国家组织、占领地人民组成的军队。因此，直接将"黄皮子"指代的意思翻译出来是准确表达中国社会文化的做法。葛浩文的译文"the puppet soldiers"生动地表达了"伪军"的含义，却也缺失了文中传达的部分历史文化信息，因此可在伪军前补上"the Japanese army and"。

例 14 买一副薄皮棺材将他掩埋……（莫言，2017：11）

I'd pay for a meager coffin to bury him...（Howard Goldblatt, 2012：12）

"葬"有厚葬与薄葬两种。薄葬指的是从简办理丧葬，即保持葬具及葬礼简单、节俭。在中国，生死是人生中的两件头等大事。丧葬是中国社会文化中不可或缺的一部分，体现了中国人对待生命的态度。文中蓝脸因为是弃儿，没有亲属能厚葬他，暗示了当时社会的艰辛及生命的浅薄。而西门闹却愿意出钱安葬这么一个萍水相逢的婴儿，实属善举。此处的"薄"字反映了当时的社会文化，不应漏译。葛浩文尊重中华文化，忠实原文，使用了直译翻译策略，用"meager"一词表示棺材质量上的欠缺，潜移默化地传达了中华价值观。

例15 她原是我太太白氏陪嫁过来的丫头……（莫言，2017：13）

Yingchun, brought into the family as a maidservant by my wife...（Howard Goldblatt, 2012：14）

"陪嫁"指的是女子出嫁时，从娘家带过去的财物，旧时也指随嫁到夫家的婢仆。从文化自信的视角来看，葛浩文未将原文物化女婢的社会内涵体现出来，是对中华文化中的糟粕作出了取舍。

例16 男名西门金龙，女名西门宝凤……（莫言，2017：13）

So we named the boy Ximen Jinlong, or Golden Dragon, and the girl Ximen Baofeng, Precious Phoenix...（Howard Goldblatt, 2012：14）

中国封建社会把"龙"当作帝王的象征，把"凤"当作皇后的象征。自古以来，中国就有望子成龙、望女成凤的说法，然而西方文化中的"dragon"和"phoenix"与中国传统的"龙"和"凤"的背景和象征意义区别甚大，因此在翻译时应避免将它们画等号。凤凰是古代传说中的百鸟之王，用来象征祥瑞，而"phoenix"是不死鸟的形象，可活数百年，然后自焚为灰而再生。考虑到英文中"龙、凤"的惯用译文并不符合中华文化，为了避免读者对中华文化产生误解，葛浩文在此处采用了音译加解释的翻译方法，体现了中西龙凤文化的相同点与不同点。

4.《生死疲劳》中宗教文化词的翻译

宗教文化词的翻译示例如下：

例17 我在阴曹地府里受尽了人间难以想象的酷刑。（莫言，2017：12）

I suffered cruel torture such as no man can imagine in the bowels of hell.（Howard Goldblatt, 2012：12）

在中国，大量佛教、道教典籍中都存在阴曹地府的说法。"阴曹地府"是人死后的处所，判官在这里根据死者生前的所作所为进行评判，行善积德者将投胎于大富大贵之家，作恶多端者将在地狱受罚且不得投胎为人。主角西门闹在阴曹地府是受刑罚的坏人。在西方，坏人死后去的地方是"hell"，好人则是"heaven"。葛浩文的翻译采用了归化策略，直接将阴曹地府翻译为"the bowels of hell",便于读者理解,但却舍弃了阎王和判官审判西门闹的文化背景。笔者认为此处可译为"the nether world"。

例 18 常说救人一命,胜造七级浮屠……(莫言,2017:12)

Everyone says that saving a life is better than building a seven-story pagoda...(Howard Goldblatt, 2012:12)

"浮屠"是佛教的一种建筑形式,即人们常说的塔。这种建筑最初用以供奉佛骨,后来用以供奉佛像,收藏经书。此成语出自佛教,意思是救人一命的功德比建造七层的佛塔还要大。葛浩文通过直译保留了源语的宗教文化特色,让读者耳目一新,对源语国家文化的传播起到积极作用。

例 19 这是一个劫数……(莫言,2017)

It was our inexorable fate...(Howard Goldblatt, 2012)

"劫数"是佛教及印度教的时间单位,指漫长的时间,具体数目各说纷纭。后亦指命中注定的厄运、灾难。在选择译文时应注意"劫数"一词蕴含的宗教属性。葛浩文此处选用的是"inexorable fate"而不是"inexorable doom",是由于"doom"的派生词"doomsday"是基督教口中的世界末日,"doom"的基督教意味更浓,因此用 fate 来表达中文中的命中注定更加合适。

例 20 但如果咱们贪了这点财,前边积的德就没了对不对?(莫言,2017:70)

But if I covet something like this, I'll give up the credits I earned from that act of charity, won't I?(Howard Goldblatt, 2012:78)

"积德"指的是为求福而做好事。古人大多比较迷信,认为有因果报应一说,今生种什么因,来生便会结什么果。这一世行善积德,便会受到佛祖庇佑,下一世也会投胎至好人家。译文中的"earn the credits"体现了原文蓝脸积德的功利性,与原文作者想要表达的内涵十分契合。

例 21 她挎着的筐子里,用野菜遮盖着一叠纸钱,我猜到她是偷偷地给你烧纸钱来了。(莫言,2017:79)

A pack of spirit money was hidden under the wild greens in her basket and I guessed that she had brought it to burn at your grave.(Howard Goldblatt, 2012:87)

"烧纸钱"指焚化纸钱以敬神佛,中国民间信俗之一。"烧纸钱"这一社会迷信活动应该是受印度或中亚社会习俗的影响,他们认为,可以通过火将祭品传递给亡灵或鬼神。"纸钱"最被广泛接受的翻译为"joss paper",葛浩文却重新将其翻译为"spirit money",使用了意译的翻译策略。"spirit"

一词暗示了纸钱的接收者是鬼魂，与另一译文相比，葛浩文的版本更容易理解，中华文化也展现于字面意思中。

5.《生死疲劳》中语言文化词的翻译

语言文化词的翻译示例如下：

例 22 西门闹，你还闹吗？（莫言，2017：1）

Ximen Nao, whose name means West Gate Riot, is more rioting in your plans?（Howard Goldblatt, 2012：1）

"西门闹"是《生死疲劳》中的主人公，是高密东北乡西门屯的地主。西门闹死后，在阴曹地府受尽酷刑却仍鸣冤叫屈，正如作者赋予他的名字一样，西门闹并非一个默默接受命运安排的人，这个"闹"字将他性格中不安静的部分体现了出来。葛浩文在翻译中不仅保留了中文名的特征，即姓在前名在后，而且将名字中的双关含义增译在名字后，帮助读者理解此处双关带来的幽默效果。译文既传递了中国的命名文化，又展示了中国汉字的修辞用法。

例 23 在我连珠炮般的话语中……（莫言，2017）

throughout my rapid-fire monologue...（Howard Goldblatt, 2012）

"连珠炮"指鞭炮、二踢脚等可以连续响的炮，后用来比喻说话很快。英文中的"rapid-fire"本意为连续发射子弹，引申义为快速地、接二连三地问出问题或作出评价等，与"连珠炮"的用法非常接近，葛浩文此处的翻译贴近原文，且利于读者理解。

例 24 后来黄天发送来一挑子能用秤钩子挂起来的老豆腐，赔情的话说了两箩筐……（莫言，2017：11）

He brought over a basketball of tofu so dense you could hang the pieces from hooks, along with a basketball of apologies...（Howard Goldblatt, 2012：11）

"一挑子"指一根扁担加上它两头所挑的物品，"箩筐"是指用竹子或柳条等编成的器具，在农村多用来装粮食或蔬菜等。作者在这句中使用了移就的修辞手法，移就指有意识地把描写一个事物的词语移借来描写另一事物，文中将装着老豆腐的器具用来形容黄天发赔情的话。葛浩文在翻译时尊重原文的语言文化，也使用了移就手法，保持了中文的生动描述性，体现了中华文化的博大精深，展现了译者的文化自信。

例 25 这小子聪明猴儿，顺着竿儿往上爬。（莫言，2017：12）

He was a smart little pole-shinnying monkey.（Howard Goldblatt, 2012：13）

"顺着竿儿往上爬"是一句常用的谚语，通常用来描写一个人说话做事机灵，能顺势而为，略带贬义。文中西门闹收留了蓝脸，蓝脸顺势认了西门闹做干爹，这句谚语生动地描绘了蓝脸的机灵。尽管猴子在西方是调皮捣蛋的形象，通常用来描述顽皮的孩子，而在中国，猴子多为活泼、聪明的象征，如《西游记》中的美猴王。但是，此处葛浩文的直译并不会给读者造成理解困难，反而将蓝脸的机灵模样清晰地表现了出来。

例26 肥水不流外人田！（莫言，2017）

Good water must not irrigate other people's fields.（Howard Goldblatt, 2012）

这句谚语的意思是好处不能让给外人，应该留给自己人。书中西门闹的妻子使用这句谚语来劝说西门闹将陪嫁丫头纳作小妾，葛浩文在此处直译原文，给读者留下了想象和体会的空间，也给中文表达的推广提供了可能性。

上文从文化自信视角出发，对《生死疲劳》中的部分文化负载词进行了研究，将这些文化负载词分为五大类，分析了这些词的翻译方法，以及其中译者文化自信的体现，不仅丰富了翻译理论实践，而且对推动文化软实力发展也有着重要意义。

通过分析可以发现，翻译文化负载词的关键是理解这些词蕴含的文化，文化赋予了这些词新的意义，而这些含义超出了词的本义，体现出了一个民族的文化。翻译方法的选择会影响文化的传播，因此葛浩文在翻译《生死疲劳》这部作品时大量使用直译来保留文化特色，同时其也对部分文化负载词作出了取舍，总的来说，这部作品体现了葛浩文对中华文化生命力的自信，保留了中华文化中的精华，舍弃了中华文化中的糟粕。可以说，莫言这部作品在国外的成功部分归功于葛浩文优秀的翻译。一个国家的文化作品要想走向世界，必须有它自己的文化。一味迎合他国的文化，任何作品都将失去核心吸引力——文化。因此，为了文化的传承与发扬，译者必须坚定地保留作品中的文化内核。

第三节　跨文化视角下《生死疲劳》中的方言英译策略

在全球化的影响下，各国之间的跨文化交流愈加紧密，各国文化不断碰撞与交融。而翻译作为跨文化交流的媒介，在跨文化交流中开始发挥越来越重要的作用。从某种意义上说，全球化使得处于世界体系顶端或中心的文学加速向全球传播。跨文化交际作为一门新兴学科，伴随全球化趋势变化受到广泛关注。在此文化大背景下，研究具有民族特色的英译策略和方法可以有效地发展文化共感，并进行双向沟通。作为地域文化的生动标本，汉语方言有着深厚的文化积淀。因此，为了更准确地向世界发出中国的"声音"，让海外读者更好地领略中国文化的独特魅力，汉语方言的英译就变得尤为重要。2012年，中国作家莫言荣获诺贝尔文学奖，译者葛浩文作为重要推手功不可没。因此，本节以葛浩文英译本《生死疲劳》为例，分析了翻译方言所使用的翻译策略和方法，旨在促进中国优秀文化的传播与发展，促进跨文化交流。

先前，在知网上查询"莫言小说的方言翻译"所得研究资料不多，但随着莫言获得诺贝尔文学奖，对莫言小说进行的研究逐渐增多。宋庆伟（2015）基于六部莫言小说的葛浩文英译本分析探讨方言误译，发现虽然方言的英译存在一定的困难，可葛浩文凭借自身的文学功底和严谨负责的态度取得了非凡的成就。即便如此，也不能说明葛浩文译本就是十分完美的，其译本中也存在值得进一步商榷的翻译问题。其后，韩娟（2017）认为：好的译作不能成就于单一的翻译方法，而是要靠多种翻译方法的灵活使用。她从多种翻译方法角度对莫言作品中的方言英译进行了系统的分析和阐述。张婷婷（2018）从"译者惯习"论的视角出发研究发现：在后期翻译工作中，译者葛浩文尽可能地保留或重现文学方言所传达的"民间气息"和"中国风格"，更接近莫言的语体风格。通过调研发现，前人对莫言作品中的方言英译研究还不够深入。

基于此，笔者从跨文化角度对汉语方言翻译进行了研究和探讨，并从"异化"和"归化"两个策略入手，以具体的翻译方法为切入点对汉语方言的翻译进行了研究。通过列举《生死疲劳》中具有典型性的汉语方言英译的实例，分析此类词汇中所暗含的文化要素，并通过对它们的研究来剖析汉语方言的英译策略以及方法，旨在避免文化差异带来偏见和误解，促进中国优秀文化的传播与发展。

一、跨文化交际概述

（一）跨文化交际的定义

如果要谈到跨文化交际的先驱人物，就必须要提到美国人类学家——艾德华·霍尔。艾德华·霍尔对跨文化研究影响深远。1959年霍尔出版了《无声的语言》，该著作被视为研究跨文化交际的基石，开拓了跨文化研究的新领域。他在书中阐明了语言、文化和交际三者之间的紧密关系，认为语言是文化的一种表达形式，而文化是语言形成和发展过程中的印记。此外，他还主张"文化就是交流"的观点，并对其观点进行了精彩的阐释，旨在帮助人们摆脱文化的桎梏，逃离文化的牢笼。

随着跨文化交际研究深入另一个更深层次的剖析后，学者们对其理解和看法也随着研究的深入不断更新。在学者贾玉新（1997）看来，跨文化交际是"不同文化背景的人之间的沟通"。跨文化，简单来讲，就是与你存在语言和文化背景差异的人打交道。我们要关注到不同文化之间的差异，并学会得体有效地进行交流沟通。从理论上讲，跨文化是指在各种交往活动中，人们不仅要依靠自己的准则、观念、习惯和行为方式，还要学会跨越文化系统界限了解文化差异中的互动性。笔者给跨文化交际下定义，即为不同背景、不同文化的人之间的交流交际。总而言之，我们要充分了解与本民族文化不同或相异的文化因素，并在此基础上以尊重、包容和理解的态度予以接受和适应，只有充分认识、理解、包容对方的语言和文化背景，才能够实现有意义的跨文化交际。跨文化交际需要以跨文化意识作为先导，然后站在外来文化持有者的角度来认识和感知外来文化。在翻译工作中，译者是需要学会站在读者的角度来考虑问题的，也就是说，要考虑译文的可读性以及读者的接收效果。

（二）跨文化交际与翻译的关系

要研究跨文化交际与翻译的关系，首先要理清文化与语言之间的关系。每个国家的文化都不一样。文化差异的存在使得译者不仅要采取多种翻译方法和策略，还需要基于多种价值标准来自然地转换两种语言。翻译是一种强实践性的跨文化交际活动，在跨文化交流中发挥着越来越重要的作用，因为它不只是两个人之间顺利沟通的桥梁，而且是连接他们背后两种文化的桥梁。通过一个成功的译本，译者可以有效促进不同文化背景的人双向交流和互动，而这种形式下的跨文化有助于人们了解多元文化，从而培养文化移情的能力。翻译作为跨文化交流的载体，其重要程度不可小觑。

美国著名翻译家尤金·奈达（Eugene Nida, 1982）曾提出这样一个观点，即双文化能力对于一个真正成功的翻译而言比双语能力更为重要。葛浩文的译本彰显了他深厚的文化和语言功底，所以他可以称得上真正的翻译大家。他的译本也在世界范围内促进了不同文化之间的交流和碰撞。从这种意义上说，我们可以把翻译视为跨文化交际的一个纽带或平台。在跨文化视角下的英译活动中，译者应关注到不同国家和民族的语言特征和使用习惯，以确保译文符合目的语的语言习惯和思维。汉英语言之间的有效转换有助于外国读者更好地了解中国文化，发展文化共感，实现跨文化交流的目的。不仅如此，我们在翻译方法和策略的选择上也会得到发展和提高。也就是说，翻译不仅要实现语言的信息互换，也要促进跨文化的有效交流。

翻译的文本类型有多种，不同的文本类型采用的翻译策略和方法都不一样。像方言这种具有民族特色的语言在翻译中是同时具有挑战性和趣味性的。汉语方言俗称地方话，它不同于标准语言，是一种只在一个地区使用的语言，具有丰厚的文化底蕴。相对于标准语言，方言在某种意义上其实更能代表地域文化特征。但同时，任何翻译文本都会受到译者、读者、社会规范等各种因素的影响。另外，源语方言的翻译也是很难处理好的。在方言翻译工作中，我们经常会遇到语言词汇不对等的"失联"现象，从而造成语义偏差。因此，在进行翻译工作的时候，我们不应拘泥于传递文本的表面含义，而应从整体出发，将文本内在意义和附加在文本上的信息传达给读者。文化和语言都是动态发展的，且在发展过程中相互渗透。为了更好地搭建与异域文化之间的桥梁，翻译应与时俱进，在实践中不断提高对文化差异的敏感性。只有这样，我们才能减少不同文化之间的对抗性，增强它们的互补性，从而在翻译过程中达到更高层次的沟通和理解。

二、《生死疲劳》及其中的方言

（一）方言的定义

现代中国语言学家王力（2006）认为：方言是民族语言的分支，是民族语言的地方性接触；方言是特定地区的人们使用的一种"地域通用语"；方言是由一个社会各地区不完全分化或是几个社会的不完全统一引起的；方言的复杂性是幅员广阔的国家所难以避免的。简言之，方言就是各个地方的"土话"，只在一定的地域内使用，但不是一种独立于民族语言之外的另一全新的语言。

方言按其性质可分为地域方言和社会方言。地域方言的产生是由于地域差异的存在，不同的地域会形成不同的语言变体。同时，它也是民族语言在不同地域的独特标记。社会方言则是因为职业、阶级、行业等各种社会差异形成的。方言是当地人长期以来约定俗成的，揭示了当地人民最真实、最淳朴的生活图景，涵盖了当地人民生活的方方面面。现代汉语有多种方言。文学作品中，作者使用方言通常是为了达到特定的文学效果。方言在文学作品中不仅对传达字面意思，发挥了相当重要的文体功能作用，为作品增添幽默感或讽刺意味，还有着独特的艺术效果，有助于刻画人物性格，增加真实感。

（二）《生死疲劳》中的方言及其作用

山东高密作为中国新时代作家莫言的故乡，亦为莫言众多优秀农村题材的文学作品中背景——"高密东北乡"。莫言的创作有自己独特的语言叙述风格，方言在其作品中使用频率也很高。莫言的文学作品乡土气息浓重，文字叙述描写多采用朴素无华的方言和口语化表达，为我们呈现出更真实更原生态的乡村生活。《生死疲劳》中的方言呈现在两个方面。一方面是短词方言，以动词和名词为主，如"擂""摽""磨牙""话茬儿"等；另一方面是方言俗语，多以长句表达为主，体现了人民日积月累智慧的结晶，如"鸡毛拌韭菜""黑瞎子掰棒子"等。

莫言对于方言的自如运用使整个作品更富有生活气息。他巧妙地将富有表现力的方言融入作品，向我们娓娓道来高密独特的风土人情和人物故事。有共感的方言不仅可缩短与读者的距离，而且可彰显语言艺术的独特魅力。方言具有很强的生命力和表现力，它是特定地区文化的重要组成部分，体现着一个地区对世界的基本认知方式，通常被当作一个地区的标志性元素之一。同时，方言承载着某个地域漫长历史进程中积累的大量文化信息，是地域文化的重要载体和表现形式。在表情达意方面，它也具有普通话所无法取代的独特效果。方言的灵活运用可引起读者的文化共感，使作品内容更富有表现力，人物刻画更加活灵活现，《生死疲劳》中，方言同样也起到了这番效果。莫言《生死疲劳》中的方言在刻画人物、抒发情感、展现文化等方面发挥着重要作用。因而也是在跨文化交际背景下需要重点研究讨论的方面。

三、跨文化视角下《生死疲劳》中方言翻译策略解读

"归化"和"异化"是美国著名的翻译理论家劳伦斯·韦努蒂首先提出来的。"归化"主张译文向读者靠拢，为读者清除语言文化障碍，以目的语读者的习惯方式来传达原文的内容。"异化"则提倡译文向原作者靠拢，适应和照顾源语的文化及语言习惯，强调译本中应保留外来文化的语言特征和表达方式。"归化"和"异化"这两种翻译策略是对立统一、相辅相成的。归化翻译策略有利于减轻读者的阅读负担，增强译文的接受性和可读性。异化翻译策略的运用旨在考虑民族文化的差异性和多样性，保留和反映异国的风格和特征，向目的语读者展示异国情调。然而，绝对归化和绝对异化是不存在的。

（一）归化

归化（domestication）策略具体包括意译法和省译法等，下文具体从这两种翻译方法入手进行方言翻译探讨活动。

1. 意译法

意译法翻译示例：

例1 这人身形矫健，双腿内八字，一看就知道是个赶车的好把式，打的一手好鞭，不可轻视。（莫言，2006：77）

He was upper-body strong and bowlegged, exactly what an experienced carter should look like.The wipe was like an extension of his arm, and that was worrisome.（Howard Goldblatt, 2011：108）

"好把式"是指在某方面拥有某种技能和特长的人，或精通某种技艺的人。因为"我"和黑骡争夺草料，黑骡的主人——一个车夫赶来想要教训我。从车夫挥鞭的娴熟程度足以看出他赶车很有经验，因此"我"害怕一不小心就被他伤到。在这里，葛浩文将其翻译为"experienced"，多指"（由实践得来的）经验"。一个人若在某方面有一定的技能和特长，一定是经过多次实操训练积累了经验，车夫挥的一手好鞭也是在多次赶车中练就的。葛浩文在这里译为"experienced"，具体指的是从车夫挥鞭的动作可以看出来车夫赶车是很有经验的，且此句为感叹句，可以强调上述关联。译者使用意译的方法，言简意赅，同时，译者遵循了忠实和通顺的翻译原则，既表达出了原

词的意思，也减轻了外国读者的理解负担，可接受性很高。

例2 你可真是石头蛋子腌咸菜，油盐不进啊。（莫言，2006：22）

You really are stubborn.（Howard Goldblatt，2011：40）

"石头蛋子腌咸菜，油盐不进"是一句谐音双关的方言俗语，"油盐不进"即为"一言（盐）难尽（进）"，它的意思是不管别人说什么都听不进去，形容人十分固执。这里说的是洪泰岳屡次劝蓝脸加入合作社都遭拒绝，洪泰岳对于仍要坚持单干的蓝脸十分恼怒。而蓝脸认定了单干就要一直贯彻到底，在外人看来他是执拗和固执的，可他自己认为这是自我坚持。这句方言可以体现出蓝脸纯粹又倔强的人物形象。对于此句，葛浩文没有照字面进行翻译，而是省去了原句的文化意境，具体译为"stubborn"一词。"stubborn"意为"固执的；执拗的；顽固的；倔强的"，在英语表达中也通常用来形容人的性格特点，属于贬义词。在这里译为"stubborn"不失偏颇，可将洪泰岳眼中的蓝脸灵活地呈现出来，与原句有异曲同工之妙。这样一来，不仅减轻了读者的理解负担，还言简意赅地表达了原句意义。

例3 到达与女人相遇的地方，主人皱着眉头，青蓝着脸说："老黑，这算什么事？一件新棉袄，就这样报了废，回家怎么跟内当家的交代？"（莫言，2006：P64）

So when we reached the spot where we'd encountered the woman, he frowned, his face darkened, and he said, "What does all this mean, Blackie? This was a new coat. What am I going to tell my wife?"（Howard Goldblatt，2011：93）

"内当家"在汉语中的意思是"女主人；主妇"，也用作对妻子的称呼。"男主外女主内"是古代中国社会一种常见的基本现象，即男人负责家外的事情，而女人则打理家里面的各种杂事。在例3中，蓝脸在帮助即将临盆的孕妇王乐云去县医院的路上弄脏了自己的新棉袄，埋怨好好的一件衣服就这样报废了，一时不知道怎样跟自己的妻子交代。葛浩文直接将"内当家"意译为"wife"，十分贴切。在英文中，"wife"指的就是"妻子、夫人"，在词意上和词性上都与"内当家"是相当的。虽然"wife"一词抹掉了原词的古代社会文化内涵，即男女家庭分工关系，没有将其文化深意完全还原出来，但是译者对"内当家"进行意译的目的是减轻外国读者的理解负担，使其有更流畅的阅读感受。

例4 她那几句话通俗易懂又语重心长，她说：当家的，你把她收了吧！肥水不流外人田！（莫言，2006：12）

She said, "Lord of the Manor (that's what she called me), I want you to accept her. Good water must not irrigate other people's field. (Howard Goldblatt, 2011: 27)

"当家的"一般指的是一家之主，即在家庭中说话做事比较有分量的人。在方言里指的是"丈夫"，在文中具体指的是西门闹，当然当家的一般也是为家庭贡献较大的人。葛浩文在这里将其译为"Lord of the Manor"，意为"庄园领主"。"lord"在英文中是一个尊称，也符合白氏跟西门闹对话时的身份地位，同时也体现出了西门闹在家庭中的分量。"manor"的意思是"庄园宅地；庄园"，庄园指乡村的田园房舍和大面积的田庄。西门一家是地主家，其富饶程度可以用"manor"来表达。西门闹是一家之主，将"当家的"译为"Lord of the Manor"，可以让读者清楚地明白西门闹的家庭地位和社会地位。

2. 省译法

省译法翻译示例：

例5　尽管我刚刚回忆了他敲牛胯骨时在我面前点头哈腰的形象，但人走时运马走膘，兔子落运遭老鹰，作为一头受伤的驴，我对这个人心存畏惧。（莫言，2006：20）

Even though I was able only moments before to conjure up an image of him bending over obsequiously in front of me, ox bone in hand, he instilled fear in this wounded donkey. (Howard Goldblatt, 2011: 37)

原句中的"人走时运马走膘，兔子落运遭老鹰"意思是人在走运的时候事事称心如意，如马长肥膘时精神抖擞，而人在不走运的时候则事事都不如意，就像兔子倒霉时遇到老鹰。文中的洪泰岳在战争年代还是个敲着牛胯骨讨饭的叫花子，但如今洪泰岳摇身一变，竟成了西门屯的最高领导人。这句方言俗语所要表达的意思在"我"的回忆和叙述中显而易见。前文叙说了洪泰岳身份转变的历史，字里行间都能让读者感受到洪泰岳的时来运转。所以，葛浩文对"人走时运马走膘，兔子落运遭老鹰"进行了省略，既不影响整句意思，也减轻了读者的理解负担。

例6　刁小三眼睛放出绿光，牙齿咬得咯咯响，它说："猪十六，古人曰：出水才看两腿泥！咱们骑驴看账本，走着瞧！三十年河东，三十年河西！阳光轮着转，不会永远照着你的窝！"（莫言，2006：249）

Diao Xiaosan's eyes flashed green; his teeth ground noisily.Pig Sixteen,

"He said, the old saying goes, 'You don't know your legs are muddy till you step out of the water.' The river flows east for thirty years and west for thirty years! The sun's rays are on the move. They won't always shine down on your nest."(Howard Goldblatt, 2011：291)

例6引用了几句俗语，即"出水才看两腿泥！咱们骑驴看账本，走着瞧！三十年河东，三十年河西！阳光轮着转，不会永远照着你的窝"。其中，"出水才看两腿泥"指的是从水里走出来，才能看到两腿上的泥巴，比喻事情只有到最后才能见分晓。"咱们骑驴看账本，走着瞧"与下文"三十年河东，三十年河西"的意思就是走着瞧，且看后面的结果。前后在意义上有重叠，因而葛浩文在这里将"咱们骑驴看账本，走着瞧"进行了省译，没有像原文一样进行意义重复。此处省译不但不会影响整句意思的理解，还可以避免意义上的累赘，使整个句子保持意义完整的同时呈现精炼特点。因此，省译法的使用在翻译过程中也是有必要的。

例7 她的眼睛放着光，直盯着王乐云怀中那个美丽女孩子，伸出手，嘴里喃喃着："好孩子……好孩子……胖得真喜煞个人啊……"（莫言，2006：66）

Her eyes lit up when she saw the beautiful litter girl in the arms of Wang Leyun. She reached over. "Pretty baby," she mumbled. "Pretty baby, so cute, so pudgy..."(Howard Goldblatt, 2011：94)

"胖得真喜煞个人啊"中"喜煞个人"是"人开心得不得了、真是高兴死了"的意思。这里具体指的是因为蓝脸帮忙送即将临盆的王乐云去医院生产，而后王乐云和庞虎一家上门前来表示感谢，蓝脸的妻子迎春见到王乐云怀中的孩子就表现出了喜爱，说孩子白白胖胖，非常讨人喜欢。在这里将"胖得真喜煞个人啊"进行了部分翻译，将孩子的可爱样态表现了出来，然后将"喜煞个人"这种偏向个人感受的描写进行了省译。从对小孩的描绘，到省略结果——喜煞个人，葛浩文对原句进行了部分省译，而读者从"pretty""so cute""so pudgy"这些褒义形容词中能感受到迎春对孩子的赞美和喜爱。英语里有一个句型表结果，即so...that，其有助于避免语义上的重复和累赘。

例8 他没理我的话茬儿，头歪着，耳轮微微颤抖，似乎在谛听什么。（莫言，2006：131）

He ignored me and cocked his head; his outer ear twitched, as if he were straining to listen to something.(Howard Goldblatt, 2011：172)

· 063 ·

"话茬儿"是"话头"的意思。在这里具体是指前文中"我"教导大头儿蓝千岁不要小小年纪染上抽烟的恶习,并开玩笑说如果他五岁就学会了吸烟的话,到了五十岁的时候就会吸火药。蓝千岁没有接"我"的话,好像在关心别的东西。葛浩文在翻译"他没理我的话茬儿"时,译为"He ignored me",没有将"话茬儿"这一较口语化的词翻译出来,而是进行了省译。"ignore"一词意为"忽视;对……不予理会","He ignored me"其实就是指他对"我"说的话没有理会。读者可以从"He ignored me"中读到原句所要表达的那层意思,没有必要将"话茬儿"一词完完整整地翻译出来。这样一方面精简了英语语言,另一方面减轻了读者的阅读负担。所以,必要的省译可以避免语言上的累赘。

(二)异化

异化(foreignization)提倡译文尽量去适应、照顾源语的文化及原作者的语言习惯,强调翻译中保留外来文化的语言特征和表达方式,以源文化为归宿。异化策略具体包括直译法、直译加文内解释法(或直译加注法)等。本节从这两种具体的翻译方法入手进行方言翻译探讨活动。

1. 直译法

直译法翻译示例:

例9 她那几句话通俗易懂又语重心长,她说:当家的,你把她收了吧!肥水不流外人田!(莫言,2006:12)

She said, "Lord of the Manor (that's what she called me), I want you to accept her. Good water must not irrigate other people's field. (Howard Goldblatt, 2011:27)

"肥水不流外人田"的意思是有肥料、有营养的水不要外流到他人的田地里,也就是说自家的或自己的好处不能白给别人。在这里说的是白氏嫁给西门闹后久不生养,内心深感惭愧。因迎春在生孩子方面的条件很好,所以白氏想要西门闹将她的陪嫁丫头迎春收了房,好让迎春给西门家传宗接代。葛浩文将此句译为"Good water must not irrigate other people's field.",其中"irrigate"是"灌溉"的意思,一般指用于灌溉土地和农作物,正贴合原句的表达,原句中的"不流"指的就是"不灌溉"。在这里,译者若简单将其译为"Good water must not flow into other people's field."的话,虽然"flow"有"流动"的意思,但定会失去其意境和神采,因为"flow"(流)是中性词,而"灌溉"(irritate)则是带有肯定意义的褒义词,因而"flow"不及"irritate"(浇灌)表达得具体准确。葛浩文此句没有套用目的语中类似的习惯表达,而是充分还原了原句的语言规范和特色,展示了异域文化的语言特色。另外,如果将"good water"改成"nutritious water"可能会更好地展示源语文化,因为在葛浩文其他的译作中,"good water"指的是好水,能饮用的水。

例10 但一是村里找不到闲屋,二是我的主人和那黄瞳,都不是好剃的头颅,要他们搬出大院,短期内比登天还难。(莫言,2006:39)

But since there were no vacant buildings in which to put them, and since my master and Huang Tong were not easy heads to shave, getting them to move would have been harder than climbing to heaven, at least for the time being. (Howard Goldblatt, 2011:62)

"不是好剃的头颅"是形容一个人不是好招惹的,具体指的是村里曾经试图让蓝、黄两家从大院里搬出去,使西门家大院成为村公所的一统天下,但是蓝脸和黄瞳都不是好招惹的人,不是轻轻松松就能够被说服的。葛浩文在这里采用直译法,直接将其译为"not easy heads to shave",保留了源语的意境,较为妥当。"头颅"和"head"在中英文中都是采用提喻的修辞手法,用部分代整体。英文中的"shave"意为"剃(须发)",与原句直接对应贴合。这里的直译不用担心外国读者的阅读理解问题,因为前后语境会帮助外国读者更好地消化文章内容,同时也会使外国读者接受汉语方言的习惯表达。

例11 我的主人摆出一副死猪不怕开水烫的架势,蔫唧唧地说:我等着。(莫言,2006:71)

Like a dead pig that's beyond a fear of scalding water, my master struck a nonchalant pose. "I'll be waiting." (Howard Goldblatt, 2011:100)

"死猪不怕开水烫"既可以指说话者自己的自嘲之意,又可表示说话者对别人的嘲讽。"死猪"指的是希望渺茫的人和事,在这里具体指的是"我"的主人蓝脸;"开水"指的是当下面对的困境。例11中指的是蓝脸面对洪泰岳的谩骂满不在乎。葛浩文在这里没有将其简单地意译为"shameless"或"cheeky"等相近的词语,也没有套用与之相近的英语俚语,如"A dead mouse feels no cold."。相反,他将其直译为"Like a dead pig that's beyond a fear of scalding water",保持了原句的意象,同时也保存了原句的韵味。除此之外,译者还向译语读者传达出一种新的表达方式和形式,也能让其感受到中国文化的独特魅力。

例 12 我对你，一直当成亲生儿子看待，但你要奔自己的前程，我不能阻挡。我只是希望你心里有点热乎气儿，不要让自己的心冷成一块铁。（莫言，2006：129）

My only hope is that there'll always be a spot of warmth in your heart and that you won't let it become cold and hard like a chunk of iron.（Howard Goldblatt, 2011：170）

例 12 中"热乎气儿"是"微热；余热"的意思。洪泰岳警告蓝脸犁地时不许践踏公家的地，面对洪泰岳的故意刁难，蓝脸不卑不亢地承诺互不涉足。金龙听从洪泰岳的指示前来监督，并对蓝脸说的话不屑一顾。蓝脸觉得毕竟和金龙父子一场，不应该如此对待，觉得金龙应该要心存点良知，便说了这一番话。葛浩文在这里进行直译为"a spot of warmth in your heart"，向译语读者呈现出了原汁原味的信息——心存暖意、向阳、有良知。在英语中"warmth"既可指保暖，也可表达人内心的温暖和热心。这里的直译不难理解，不会对读者造成阅读障碍，因为读者结合上下文语境就能够快速地理解这句方言的内涵。

2. 直译加文内解释

不难理解的是莫言的小说主要针对中国读者，而葛浩文翻译莫言小说主要是针对英语读者。由于两种语言文化背景之间存在隔阂，对于莫言和汉语读者之间一些共享的背景知识，译者葛浩文如果不加处理进行直译，毫无疑问就会增加英语读者的理解负担。遇到这样的情况，译者可以采用直译加注的方式加以处理。

例 13 当时社会治安确实不好，一是说县城内游荡着六个从南方来的女人贩子，俗称"拍婆子"，她们化装成卖花的、卖糖果的、卖彩色鸡毛毽子的，她们身上藏着一种迷药，见了漂亮孩子，在脑门上拍一掌，那孩子就痴了，跟着她们乖乖地走了。（莫言，2006：400）

Public safety was a big problem in the early 1990s. People knew there were some women from the south—known on the street as slap-ladies—who traded in children. Pretending to be selling flowers or candy or shuttlecocks made with colorful chicken feathers, they hid a spellbinding drug in their clothes, and when they saw a good-looking child, they slapped him or her on the head, and the child walked off with them.（Howard Goldblatt, 2011：425）

"拍婆子"在汉语文化中有"男孩勾搭不相识的女孩"的意思。例13中的"拍婆子"指的是"人贩子",它指的是那些乔装打扮来拐卖漂亮小孩的人。葛浩文若只将其直译为"slap-ladies",外国读者可能会感到困惑不已,不能够对"拍婆子"有一个直接感受和理解。但葛浩文不仅在前面用"known on the street"说明了她们拐卖儿童的场所,且在后面用"who traded in children"进一步直白地说明了"拍婆子"的本质。这里的"trade"有"做买卖;做生意;从事贸易"的意思,说明"拍婆子"是用拐卖来的小孩子进行直接买卖牟利。译者葛浩文使用了直译加文内解释的翻译方法,既翻译出了原词的文化内涵,又考虑了目的语读者的语言规范及特色,同时考虑了读者的阅读流畅性,没有使用文外 Note,因而可为外国读者所接受。

例 14 我看到洪泰岳满脸僵硬的线条顿时和缓起来,他借坡下驴地说……(莫言,2006:22)

I saw the tautness in Hong Taiyue's face fall away. Like a man climbing off his donkey to walk downhill, in other words, using her arrival as a way forward, he said...(Howard Goldblatt, 2011:39)

"借坡下驴"的意思是"凭借有利的地势下驴,比喻利用有利条件行事"。在这里具体指的是蓝脸无视洪泰岳的警告仍继续坚持单干,这使得洪泰岳十分尴尬。这时,迎春的话给了他一个下台的机会,于是洪泰岳转而对迎春说了些场面话,趁势收了场。葛浩文将其直译为"Like a man climbing off his donkey to walk downhill"还原了原句的神韵,保留了形象的比喻。但是,外国读者初读到这里的时候可能会受不同文化差异的影响,只能够读懂句子的表面意思。而且因为句子的深层内涵表达不到位,读者很难了解到"借坡下驴"的深意,甚至会感到困惑不解。考虑到这种情况,葛浩文同时在句子后面用"using her arrival as a way forward"进一步予以解释,这样一来,尽管读者可能在前面遇到理解障碍,但读到此句时就会感到豁然开朗,明白其意义所在。

例 15 这个头顶一撮绿帽子的家伙,心地邪恶,自命不凡……(莫言,2006:115)

Hovering around us, the black-hearted cuckold in his green hat who thought so highly of himself...(Howard Goldblatt, 2011:152)

在中国,夫妻双方有一方出轨,那么另一方就是被戴了绿帽,而被戴绿帽意味着丢人、没面子。在这里描写"胡宾头顶一撮绿帽子"意思是胡宾的妻子在外有奸情,葛浩文在"green hat"之前补充了"cuckold"一词,用来解释说明"绿帽子"在中国的真实含义。外国读者即便不知道"绿帽子"的含义,也能凭借"cuckold"来理解"green hat"在汉语中的意思,避免误认为胡宾真的戴着一撮绿色的帽子。译者在此增译"cuckold"来解释"green hat"可减轻读者的理解负担,既忠实地传达出原文中委婉的语气,又不会使读者对译文产生误解。

四、结论

汉语方言是中国特色文化中的重要组成部分,为了更准确地向世界传达出中国的"声音",汉语方言的英译必须以文化传播和交流为目的,让海外读者更好地领略中国文化的独特魅力。

本节从跨文化角度出发,以莫言《生死疲劳》中的方言翻译为研究对象,研究发现葛浩文在方言翻译中灵活运用了异化和归化翻译策略。而且,为切实促进文化传播和交流,译者推动了归化和异化翻译法的高效转化。

在翻译活动频繁的跨文化交际中,要使一国文化为另一国所接受、采纳和包容,离不开文化的创造性表达。如果一味全盘输出的同时希望其他国家全盘接受,这是几乎不可能达到的。所以,我们在进行跨文化交流翻译时,不仅要注意发展文化共感,而且要考虑到其他国家的语言规范和文化背景。为了有效达到跨文化交际这个目的,译者应遵循最大限度促使文化传播和交流的原则,促进归化和异化翻译法高效转化。同时,译者可以根据文章内容和文化背景充分发挥其主观能动性,正确灵活地选择合适的翻译策略。

第四节 葛浩文英译《生死疲劳》之适应与选择

2012年,中国的莫言引起了世人瞩目,因他,诺贝尔文学奖花落中国,全国上下一片欢呼,众多文学爱好者喜极而泣,因为这一奖项来之不易。有人说中国的莫言之所以能获奖,沉甸甸的"军功章"里有葛浩文的一份功劳。笔者试图以葛浩文翻译莫言作品《生死疲劳》为例,从生态翻译学视角研究葛浩文选择翻译文本的标准,并分析葛浩文在翻译过程中如何选择翻译策略,以期为翻译研究提供点滴启示。

一、文本的选择与译者的适应

著名汉学家认为"文本的选择是翻译的第一要务"。作为译者,首先应当选择自己感兴趣的原本。"文本选择错误是最大的错误，比翻译错误更为糟糕。""我常常选择我特别喜欢，也认为是美国人非读不可的作品来翻译，可是他们未必那么喜欢。"理由是"实际上，翻译家甚至在着手译第一页前，就有了许多问题。最要紧的，便是选什么来译"（何琳，2011）。唯有翻译自己感兴趣的作品，才有可能处置翻译中遇到的种种问题。葛浩文翻译莫言的小说，情形即是如此。他曾激动不已地宣称，而今只有莫言的作品"才是我想翻译的东西！"（赋格，2008）。对文本进行悉心甄别也成就了葛浩文日后在美国"中国当代小说首席译者"的地位。以生态翻译学视角观之，葛浩文的译本选择以原文适应自身的心理生态环境（翻译生态环境的内部层次之一，指性格、观点、喜恶等心理条件）（胡庚申，2004）为第一要义。葛浩文通常"选译与自己性之所近、能让自己感兴趣并打动自己的作家作品"进行翻译，因为"这样才能与该作家及其作品产生更多的共鸣，才能更好地再现出原作者的风格"（姚君伟，2005）。葛浩文在翻译作家作品时，先要熟悉这些作家，有时为了更好地了解这些作家，甚至需要邀请他们到家里吃住。他这样做即可为自己了解这些作家并翻译其作品打下基础，同时体现生态翻译学的核心理念"适应性选择，选择性适应"（胡庚申，2004）。

二、翻译的三维转换——语言维、文化维、交际维

胡庚申教授指出，生态翻译学的基础理论将翻译方法简括为"三维"转换，"三维"转换主要是发生在翻译操作层面，在"多维度适应与适应性选择"的原则之下，相对地集中于语言维、文化维和交际维的适应性选择转换（胡庚申，2011）。因此，在翻译过程中译者不但要做到语言层面上的转换通顺易读，而且要重视文化的传达和交际意图的传递。

（一）语言维

语言是翻译的基础，能够反应译者的素养，诚如葛浩文自己所说："学好中文固然重要，但别忘了加强英文写作。"要想成为一名优秀的文学翻译者，译者应提高自身本民族语言能力及自身的文学修养。生态视角的语言转换即"语言维的适应性选择转换"，也就是译者在翻译过程中对语言形式的适应性选择转换。下面的例子从不同层次不同方面展示了作者在语言维的适应性选择转换。

例1 阳光灿烂，空气清新，鸟在天上叫，兔在地上跑，沟渠与河道的背阴处，积雪反射出刺目的光。（莫言，2012：11）

The sun shone brightly, the air was fresh and clean; birds flew in the sky, rabbits hopped along the ground. Snow on the shady banks of the ditches and the river reflected light that hurt my eyes.（Goldblatt, 2012：7）

这些文字描绘的是土地改革后中国大地上的一种新气象。作者惯用四字短语来描绘这样一种新气象，原文整个句子由几个短语构成，各个部分看上去好像都是"并列"的，犹如枝杆分明的竹林，脉络清晰，语义通过字词直接表达。译文中表示清新意思的两个词汇因"and"呈并列状态，即"fresh"与"clean"，尽管汉语中如上述两个词汇之间一般不使用关系词语。另外，译者将汉语中的四字短句或词汇译成英语的并列小句子，并构成复杂句，将原文的一个句子化成长、短句，但保留原文句子的并列风格，将原文意思表达得一目了然，生动易懂。

（二）文化维

文化维的适应性选择转换，即"译者在翻译过程中关注双语文化内涵的传递与阐释"。"文化维的适应性选择转换重在关注源语文化和目的语文化在内容和性质上存在的异同，避免曲解原文，以译语文化替代源语文化。"因此，在处理文化专有项时，译者要本着忠实原则，从传播文化、促进跨文化交流的角度客观地进行文化传递。莫言小说中含有丰富的本土文化，诚如莫言在2012年10月29日的红高粱文化节中所言"自己写小说是继承高密文化，是向高密的乡亲们学习的基础上开始的"。译者对小说中的文化作何种处理，从下面的例子可见一斑。

例2 你口口声声叫我干爹，后来你干脆就叫我爹，如果我是你爹，那迎春就是你的姨娘，你将姨娘收作老婆，让她怀上你的孩子。你败坏人伦，该遭五雷轰顶（莫言，2012：15）

You started out by calling me Foster Dad and eventually dropped the word foster. Well, if I'm your dad, then Yingchun, my concubine, is you stepmother, yet you've taken her as a wife and have had her carry your child. You've corrupted the system of human relations and deserve to be struck by the God of Thunder!（Goldblatt, 2012：16）

如要了解"五雷轰顶"，则须先了解五行这一概念。五行指的是金、木、水、火、土五种物质，与西方四元素学说相类似。"五雷轰顶"中的"五"指的就是五行，因而"五雷"分别为金雷、木雷、水雷、火雷、土雷。金雷则与金属有关，如车祸等，依此类推，水雷与水有关，如溺水等；火雷与火有关，如火烧、雷击等；木雷与木有关，指树木压住等；土雷与土有关，指土埋、房屋倒塌等。原文中的"五雷轰顶"指的是做了伤天害理的坏事而遭受上天不同形式的惩罚。在处理这一文化专有项时，译者将其译成"God of Thunder"（雷神），这将文中五雷之一雷击的意思表达了出来，且化境成西方读者熟悉的雷神，这样容易被目的语读者领会，译者没有使用脚注，大概是担心太多的注脚会影响阅读的流畅性。笔者认为此处可适当添加脚注，解释中国的五雷所指，并与西方的四元素学说进行对比，让读者了解中国的传统文化，这样有心了解的读者不查字典就可获知想要的信息。

（三）交际维

"交际维的适应性选择转换，即译者在翻译过程中关注双语交际意图的适应性选择转换。这种交际维的适应性选择转换，要求译者除语言信息的转换和文化内涵的传递之外，把选择转换的侧重点放在交际的层面上，关注原文中的交际意图是否在译文中得以体现（胡庚申，2011）。"英国翻译理论家 Peter Newmark（纽马克）强调"交际翻译的重点是根据目的语的语言、文化和语用方式传递信息，而不是尽量忠实地复制原文的文字"。当信息内容和效果发生矛盾时，交际翻译重效果而不重内容。因此，在翻译过程中，葛浩文尽管以"忠实"为翻译第一准则，有时为达交际目的，也会打破原文局限，对原文稍做调整后再翻译成英文。

例3 "你不要跟我调皮，蓝脸，我代表党，代表政府，代表西门屯的穷爷们儿，给你最后一个机会，再挽救你一次，希望你悬崖勒马，希望你迷途知返，回到我们的阵营里，……"（莫言，2012：18）

"Don't get cute with me, Lan Lian. I represent the party, the government, and the impoverished residents of Ximen Village. This is your last chance to come around. I hope you rein in your horse before you go over the cliff, that you find your way back into our camp..."（Goldblatt，2012：25）

这是蓝脸与洪泰岳对话时，洪泰岳义正词严地说服蓝脸加入合作社的话语，原文多用排比句，显得很有气势，译文在保留排比句型的基础上，更倾向其交际意图。原文中"给你最后一个机会""再挽救你一次"表达的是同一个意思，同样排比句"希望你悬崖勒马，希望你迷途知返，"表达的也是同一个意思，即回到阵营，也就是加入合作社。译者将每两句话合二为一，分别译成"This is your last chance to come around.""I hope you rein in your horse before you go over the cliff"，其中的英文表达意思简洁明了，可让读者以最小的努力获得最深的理解，达到交际目的，实现交际功能。

三、适者生存造就诺贝尔文学奖

2012年莫言凭着自己的写作功底，获得"二〇一二年诺贝尔文学奖"，圆了中国缺失长达百年之久的诺贝尔文学奖梦，在一片称赞、颂扬声中，莫言发自肺腑地说道："此番若无诸多异邦译者的大力相助，我焉能获得如斯荣耀！"葛浩文作为欧美世界英文翻译的主要译者之一，功勋卓著。借助于葛浩文的翻译，莫言的《生死疲劳》获得第一届美国纽曼华语文学奖。其译著严谨讲究，尊重原著，行文流畅，其翻译活动力图适应多方面、多层次的翻译生态环境，不断作出选择以获得最高整合适应选择度的探索历程。因而《生死疲劳》之葛浩文英译本是适应各种生态环境的结果，是优秀的译本。

本节在葛浩文翻译《生死疲劳》中所使用的翻译方法及其翻译观的体现做如下总结，见图4。

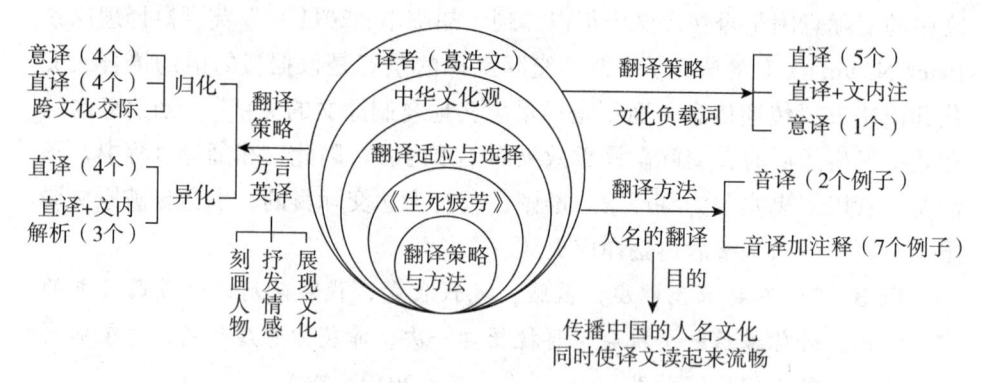

图4　葛浩文的翻译观在《生死疲劳》中的体现

第五章 《红高粱》之葛浩文英译本解读

第一节 《红高粱》中的人名翻译解读

文学创作来源于生活，反映社会现实，因而小说中人物的塑造命名并不是简单符号的随意堆砌，而要经过作家不断的揣摩思考。人名蕴含丰富的文化信息，或代表着人物的品性，揭示其生活经历或暗示其命运发展，又或显示作者预期的人物性格特征，或表达长辈的期望，同时传递作者的态度和立场。

《红高粱》作为莫言早期的成名之作，故事以高密东北乡抗战生活为背景，再现了抗日战争年代的景象，同时故事融入多种异质生活片段，展示了一种为生存而奋起反抗的欲望。因此，小说中的人物命名彰显了其中的人物特色，如小说中男主人公"我爷爷"，余占鳌，其名就蕴含独占鳌头，凡事为佼佼者的意思。他在小说中虽然是土生土长的农民，但是打棺抬轿一把好手，更是兼土匪、英雄、情人三重身份于一身，热血侠义，爱憎分明。女主人公，"我奶奶"——戴凤莲，小名九儿，更是人如其名，具有姣好的容貌，如大众女性一样，追求自己的爱情，捍卫自己的婚姻，同时具有强烈的爱国主义精神。小说中其他人物的姓名，如刘罗汉、王文义、单庭秀、单扁郎等都属于正式的姓+名模式。另外，小说中存在着一些儿化音名字，如恋儿、倩儿等，当然小说中还有一些像小说《蛙》中一样，以人物器官的某些上或体貌特征的某些特点来命名，如余大牙、王大爪、花脖子、刘大号、冷麻子、哑巴等。同样，小说中存在一些用数字命名的人名，如痨痨四、孙五、方六、方七等。

这些人物的命名各具特色，是读者解读小说的重要引线，而在英语译本中如何对其进行呈现、解码等，及如何借其传递中国特色的命名文化尤为重要，这也是作者在翻译时要面对的难点挑战。

（1）音译。

如下表 5-1 所示：

表 5-1 《红高粱》中的人名音译

中文名（莫言）	英文名（葛浩文英译）
余占鳌	Yu Zhan'ao
戴凤莲	Dai Fenglian
豆官	Douguan
王文义	Wang Wenyi
玲子	Lingzi
单庭秀	Shan Tingxiu
单扁郎	Shan Bianlang

音译是指用一种文字符号（如拉丁字母）来表示另一种文字系统的文字符号（如汉语）的过程。音译只是语音层面的转换，并没有涉及真正的翻译，且几乎没有考虑语义层面的转换。在大多数情况下，人名只是一个人的代号或指称，没有特殊文化含义，那么音译就是较为理想的翻译方法。因此，音译人名实现的是原人名的指称功能，不具有构成原人名的表意单位所具有的语义。

汉语人名的拼写是先姓后名，而在译入语英语语言系统中，名在前，姓在后。在将汉语译成英语时，译者将姓和名的顺序颠倒过来，旨在与目的语文化保持一致。葛浩文（在翻译《红高粱》时葛浩文对完整且蕴含较少本土文化的人名进行音译）翻译人名时基本遵循先姓后名原则进行意译，这样可体现译者对中国姓名称呼习俗，给读者创造接触原汁原味异域文化的机会。

其中有一处值得斟酌的地方就是余占鳌（Yu Zhan'ao）这一人名的翻译。如前文介绍，余占鳌是小说中的男主人公兼核心人物，其名字必是作者经过深思熟虑而确定的，蕴含暗喻。直接音译肯定无法恰当表达作者创作这一核心人物的意图。熟知中国文化的读者都知道，"占鳌"源于成语独占鳌头，而鳌头则是古代宫殿门前台阶上的鳌鱼，旧时科举进士状元一般在此迎榜。《红高粱》中，余占鳌的性格桀骜不驯，粗犷强横，挑战世俗，永不低头，宁死不屈，而这背后所展示的鲜活生命力和自强中华民族精神，是当时中国人民的真实写照，体现了中华民族不认输，独占鳌头的民族精神。针对一个性格如此立体的主人公，作者在为其命名时赋予了丰富的内涵。译者葛浩文采用音译法，译为 Yu Zhan'ao，虽然能让目的语读者获得其指称意义，但是在传递作者意图及其背后的中国文化方面稍有欠缺，目的语读者也很难获得其语用意义。在此笔者建议在人名首次出现的地方加一同位语，如 Yu Zhan'ao, whose given name means top/number one in Chinese culture。如此翻译既可以起到解释说明作用，又不影响目的语读者阅读的流畅性。

（2）直译。

如下表5-2所示：

表5-2 《红高粱》中的人名直译

中文名（莫言）	英文名（葛浩文英译）
孙五	Sun Five
方六	Fang Six
方七	Fang Seven

英国翻译理论家彼得·纽马克（Peter Newmark）曾指出：当今人们珍视自己的名字就如同珍视自己的国家独立和民族语言一样，不愿改动。实际对于蕴含较少文化含义的大众化的人名指称，译者可采用直译的方法，但也要尊重中国文化，尊重名从主人的原则，尽量不颠倒姓与名的顺序。

（3）意译。

如下表5-3所示：

表5-3 《红高粱》中的人名意译

中文名（莫言）	英文名（葛浩文英译）
刘罗汉	Uncle Arhat / Arhat Liu
哑巴	Mute
痨痨四	Consumptive Four
花脖子	Spotted Neck
刘吹手	Burgler Liu
王大爪	Big Claw Wang
冷麻子	The bastard Leng / Pocky Leng

从表5-3人名看，原文作者多基于职业特点、个人特长、生理特征、人物性格，以绰号形式命名小说中的人物。译者在翻译时要仔细揣摩原文中人名的含义，将其所隐含的意义表达出来，而意译显然是值得选择的方法。上表中的哑巴、痨痨四、花脖子是绰号，只有名没有姓，因而采用意译方法突出其身上的生理特征或职业特点。另外，对于其他有姓的名字，译者一改前文中音译和直译的方法，先将名字中所蕴含的重要信息表达出来，再随后附上姓。例如，刘吹手这个名字在原文中第一次出场时，作者是这样描绘的：

刘吹手是余司令早年的伙伴，那时，司令是轿夫，刘是吹鼓手，他双手攥着喇叭筒子，像握着一杆枪（莫言，2007）。

Burgler Liu was another of Commander Yu's longtime buddies, dating back from when he was a sedan bearer and Liu was a funeral musician. Now he held his horn like a rifle.（Howard Goldblatt，2003）

从作者的明喻描绘中让我们知道，刘吹手是个很棒的喇叭手。因此译文中译者译成 Burgler Liu，突出其特长，传神达意。同样具有代表性翻译的是刘罗汉这一人名，罗汉在中国佛文化中指修行能够断绝一切欲念，不再为一切世俗烦恼，达到涅槃，为生死超度的佛教和尚。作者笔下刘罗汉是小说主人公家的老伙计，忠实稳重，疾恶如仇，为了保护东家的财产不惜牺牲自己的性命，遭日军活剥。面对这一形象，译者翻成"Arhat"，充分表达出了这一角色名字背后所反映的人物性格——人如其名，完整地传达了作者的创作意图。

第二节　《红高粱家族》英译本中避讳语的翻译解读

避讳源于古老的语言禁忌，是中文中一类特殊的语言现象。必要的避讳是语言美的标志之一。避讳语就是使用避讳手法的词语。对避讳语的理解本身就有一定难度。在中文文学作品中，避讳语出现的频率很高，要将避讳语译为目的语，既要使目标读者能看懂，还要保留原文风韵，这无疑是对译者能力的考验。译作中，对避讳语处理稍有不当就会使目的语读者不明其意。葛浩文在对《红高粱家族》进行翻译时，立足于译者主体性，基于对两国文化的了解，灵活使用音译、省略、直译、意译等翻译方法，并采取回避策略，对原文一些避讳语进行了恰当阐释，而这样既可帮助译文保留其意，又可使译文在国外的传播范围及可接受程度大大增加。

莫言，诺贝尔文学奖的得主，通过魔幻现实主义将民间故事、历史与当代社会交汇融合成小说。莫言的《红高粱》获第四届全国中篇小说奖。1993年，美国著名汉学家兼翻译家葛浩文翻译的《红高粱》在美国出版后，引起强烈回应，被美国 *World Literature Today* 权威期刊评为"1993年全球最佳小说"。对于《红高粱家族》这种极具中国特色的文学作品，葛浩文的翻译得到了世界的认可。

此前，学者的研究方向主要集中于《红高粱家族》英译本。林文韵2019年从创造性叛逆视角对《红高粱家族》葛浩文英译本展开研究，对目的语和源语言作了双语平行对比,以观察译者的创造性叛逆;张生祥和张翰旭 2019 年发表《〈红高粱家族〉英译本中译者话语构建策略探究》,对译者建构策略进行了研究,提出翻译过程就是译者言语构建的过程;张小妮 2017 年发表的《小说〈红高粱家族〉英译本俗语翻译方法解析》,对俗语的翻译方法进行了分析;杨兰 2019 年发表《葛浩文〈蛙〉英译本的翻译规范研究》,对翻译规范在翻译过程中的作用进行了探讨。虽然众多学者的研究方向有所不同,但是其中或多或少都提及了译者以及译者主体性范畴。下文将立足于译者主体性,对文中避讳语的翻译方法进行分析理解。

一、译者主体性

主体性的本质表现为能动性、受动性、为我性。译者是翻译活动的重要主体之一。有学者认为翻译的主体包括译者、原文、读者等,尚未有准确定论。译者在翻译活动中的重要性是不言而喻的,在翻译过程中,译者对原文的欣赏理解和吸收直接影响最终的译文。同时,译者也是民族文化建构的重要参与者,是两种语言、两种文化得以交流的介质,真正的译者不仅要精通目的语和源语言,还需要掌握两国文化。学者查明建和田雨给译者主体性下定义为:"译者主体性是指译者在尊重翻译对象的前提下,在整个翻译过程中为了达到翻译目的而发挥的主体能动性。译者具有主体性、受动性、自主性等特点"。也就是说,译者在翻译过程中调动自己的情感、意志、审美等,将作品中的"空白点"具体化。

译者主体性的现状:在文化多元系统中,翻译主体没有得到应有的重视,出现了译者文化地位边缘化现象。随后,国外学者苏珊·巴斯内特进行了翻译研究的"文化转向",学者韦努蒂(Venuti)撰书《译者的隐身》全面审视了 17 世纪至今的翻译活动;西奥·赫曼斯的操作理论和勒菲弗尔的改写理论,都很大程度提高了译者的地位。译者从从属地位转为主导地位,人们对译者主体性的研究开始引起重视,并逐渐走向深入。在文化转向之前,译者陷于原文,成了原文的奴隶,译作必须服从于原文;文化转向之后,学者呼吁译作应"背叛"原文,译者要成为创造者。国内翻译大家鲁迅、傅雷、林纾等人提出的翻译理论(以傅雷的"神似为例"),都强调了译者在翻译活动中无可替代的作用。杨武能先生(1987)在发表题为《阐释、接受与再创造的循环》一文,明确提出翻译主体性概念,指出译者具有主体性,译者是创作过程和信息传输的核心。

关于译者主体性的特点,李德顺(1987)称,主体性施行的首要前提是尊重翻译规律，然后译者才能发挥其主观能动性，从而彰显译者的文化意识、品格以及审美创造性。正如不同的读者对同一文本有不同的理解，每个译者都会创作出独特的译作。而且，译者主观能动性的发挥还受到许多其他因素的限制，如人文、地理、历史等。大家都笑称"译者是戴着镣铐的舞者"。译者不能随心所欲地改写原文，如若译者把原文意思改得面目全非，那就失去了翻译的意义，翻译活动也就成了创作活动。译者要在尊重原文的前提下，为达到特定的目的而表现出相对的主观能动性。

二、避讳语分析

避讳语最开始起源于夏商，用来维护封建统治，一般与制度挂钩（贾马燕，2018）。避讳语一般包括两方面的内容，即避亵与忌讳。第一方面与生殖、排泄现象相关，第二方面与老、病、死相关。古人在日常生活中小心谨慎地总结了种种避讳方法，常用的有三种，即改字法、缺笔法和空字法。另外还有两种，即避名称字和改变称呼。到今天，避讳语已成为我们委婉表达的一种方式。依此概念判断，我们的某些俗语、歇后语、委婉语等都可以归类为避讳语。之前学者对避讳语进行的研究主要集中在避讳语的历史、避讳语的功能、避讳语在具体篇章中的使用、避讳语对制度的影响上，很少有人讨论针对避讳语的翻译技巧问题。

一般来说，避讳语可以分为三类。一为讳凶，趋吉避凶是人之本能，人们遇到能给自己带来灾祸的事物都会选择避讳，最明显的就是"死亡"一词，从古至今，人们都畏惧死亡，于是每当遇到"死亡"一词人们就会使用避讳语，例如"他去了""他走了"等，都是人们避讳死亡而衍生的避讳语。二为讳尊，也就是说要避讳尊贵之人的名字，最典型的是避讳君王的名字。在古代，君王是最高统治者，普通人不可与之撞名。到今天，许多家族也依然保持着晚辈不可与长辈名字相同或相近的习俗。三为讳俗，人们常说粗鄙之语难登大雅之堂，为追求高雅的语言，人们通常会对粗俗不雅的语言和词汇进行避讳，这类词主要与生殖器官和生理现象有关，如"大小便"被说成"解手"。除此之外，生活中一些不雅的词也要避讳。

莫言出生于山东高密，对地方土语、俗语、谚语等非常熟悉，因而在他的小说《红高粱家族》中有大量的运用，正如莫言所说，这些语言是他童年听惯了最为熟悉的语言，开启了他对这个世界的感知。对这些语言的熟练使用，使他对避讳手法的运用更加得心应手。面对《红高粱家族》这本充斥着中国本土文化色彩的书，葛浩文针对不同的情况，根据自身的理解以及外国读者的接受能力对避讳语作了不同处理，使《红高粱家族》畅销海外。莫言曾表达过："翻译的工作特别重要，我之所以获得诺贝尔文学奖，离不开各国翻译者的创造性工作。"可见，莫言对翻译的重要性充分肯定，同时肯定译者主体性的充分发挥。

三、译者葛浩文在《红高粱家族》翻译中的主体性及避讳处理方法体现

（一）葛浩文在翻译《红高粱家族》时的主体性

在翻译过程中，译者主观能动性的发挥主要体现在译者对文本的选择，翻译策略的选择等方面。毋庸置疑，译者的主观能动性受时代、心理、情绪的影响，不同的译者会译出不一样的译作。有着"西方首席汉语文学翻译家"之称的葛浩文，是外国译者中翻译中文小说最多的文学翻译家。首先，在文本选择上，出于对中文文学小说的偏爱，葛浩文所译作品基本上都是小说，且莫言的小说作品居多。在1988年，葛浩文因《红高粱家族》与莫言开始结缘合作，后来多次翻译莫言的作品，如莫言的《酒国》《丰乳肥臀》《生死疲劳》等，为莫言斩获诺贝尔文学奖架起了一座桥梁。葛浩文第一次读到《红高粱家族》时就被震撼了，并且下定决心将这本书翻译成英语，作为莫言和外国读者见面的作品。只有出于自己的兴趣，并且在自己所擅长的领域，译者才能展现最大的热情，尽可能地展现自己的主观能动性。其次，葛浩文的翻译策略独树一帜。葛浩文曾说过："中国的作者是为中国人写作，而我作为外籍翻译，要为外国读者服务，并提出翻译是个重新写作的过程。"此观点充分体现在了葛浩文的翻译活动中，他明确了自己的主体地位，往往以输出中国小说为目的，对原文进行一定的改写。对于固定的翻译方法，他表示："我跟很多翻译都不一样，我是凭灵感，我越想那些理论，那些具体的问题越没把握，越觉得慌。我差不多看一句、看一段是什么意思，然后就直接翻，然后回头对照一下原文。如果译文翻译得太离谱了，那要去修正，如果可读性太差，那就修正一点。"也就是说，在翻译过程中，葛浩文认为怎样更舒服就会怎么翻，不会拘泥于策略手法，这就充分说明葛浩文在翻译过程中会尽可能地发挥主观能动性。不过，通过对《红高粱家族》葛浩文译本的整体研究可发现，葛浩文尽可能地追求直译，追求最大限度地将原文呈现在目的语读者面前。除此之外，葛浩文肯定严复提出的"信，达，雅"三字箴言，严谨地按照这三字选择合适的翻译方法。在翻译活动中，他一边做

读者，一边做译者，对原文进行翻译。

（二）对《红高粱家族》避讳语的处理方法

《红高粱家族》中有大量的避讳语：包括对性字眼的避讳；对描述死亡字眼的避讳；对家国情仇字眼的避讳；对血腥场面的避讳。对此，最常见的处理方法是直译和意译，文学翻译大师张培基曾给直译下定义：直译指的是在目的语语言条件允许的情况下，在译文中既保持原文的内容，又保持原文的形式——尤其是原文中的比喻、意像、形象和民族、地方色彩等。每一个民族语言都有它自己的词汇、句法结构和表达方法。意译即译文不能同时兼顾原文的内容与形式时，译文可以不拘泥或注重原文的形式，但要准确地表达原文的内容。

1. 直译法

直译法翻译示例如下：

例1 从此爷爷奶奶鸳鸯凤凰，相亲相爱。（莫言，2012：43）

From that day on, Granddad and Grandma share their love like mandarin ducks or Chinese phoenix.（Goldblatt, 2013：156）

"鸳鸯"是一种鸭科动物，以雌雄伴侣感情好而著称，中文常用鸳鸯来比喻夫妻感情好。"凤凰"是中国古代传说中的百鸟之王，是吉祥和谐的象征，一种代表幸福的灵物。作者在这里用"鸳鸯凤凰"来比喻爷爷奶奶恩爱过上幸福的生活，实际上是讳俗的一种。葛浩文在这里进行直译，引入了英文中没有的概念，使中国文化得到了走出去的机会。

例2 爷爷说："打开天窗说亮话，要我干什么？"（莫言，2012：184）

"Let's open the skylight and let the sunshine in." Granddad said, "Just what you have in mind."（Goldblatt, 2013：208）

"打开天窗说亮话"是中文俗语，表示要直接说出来，不需要遮遮掩掩。根据对避讳的定义，不直接说明而用他言代替的都可以算为避讳。针对这句俗语，译者在这里选择了直译，直接根据字面意思进行翻译，读者初读容易不明其意，但是脑海中很容易联想到这副场景，再通过下文的补充，目的语读者不仅能弄清楚内涵意义，而且对中文的俗语也会有所了解，可以说是一举两得。

例3 他知道我奶奶虽然年纪小，但是肚里长牙，工于心计，绝不是一盏省油的灯。今天这样对待自己，也许正是为了掩人耳目。（莫言，2012：

132)

　　She might be young, but she has teeth in her belly and could scheme with the best of us, no economy lantern. Maybe she was treating him like this today just in case there were prying eyes and ears.（Goldblatt, 2013：146）

　　"肚里长牙"是一个歇后语，常用来形容人心狠手辣；"工于心计"是一个成语，意思是善于用心谋划；"不是省油的灯"又是一个有中文特色的词，常用来指人难以捉摸，无法掌控。面对一整句都是中文特色的情况下，葛浩文立足于译者主体性，在翻译策略上选择了直译，但不是把作者的本意直接表达出来，而将目的语读者中的空白点表现了出来。初读这段译文的时候，笔者以为葛浩文是因为对这些词的内在含义不太了解，才选择直译，而了解葛浩文的翻译观点以后，笔者对这段翻译又有了一些新的想法。葛浩文研究中文几十年，对其中意思当然了解，但若意译，那么莫言在此处的精彩文笔将荡然无存。虽然对于目的语读者来说有些生涩难懂，但译文却保留了中文韵味，使他们对中文的俗语、避讳语有了更多的了解。综合考虑，这里用直译法可以说是利大于弊。

　　例 4　"豆官，我想你娘。"
　　"豆官，我想吃你娘那两个插枣饽饽。"（莫言，2012：28）
　　"Douguan, I miss your mom."
　　"I feel like nibbling those date-topped buns of hers."（Goldblatt, 2013：31）

　　"插枣饽饽"在这里是莫言用来比喻女子胸部的喻体，生动地描述了女子的胸部，避用了直接露骨的语言。在前文已经提及，对于与女子身体器官有关或是与性有关的字眼，爱进行讳俗。葛浩文在进行翻译时，直接根据原文进行了直译。有的译者会直接翻译为"breast"，但是葛浩文在中国学习中文多年，也感染了一些东方人的性格，比较倾向含蓄的表达，所以没有选用直接露骨的语言，虽然外国读者乍看之下不明其意，但是根据上下文语境以及作者形象的描绘，很快就能明白原文真正的意思。同时，他们也会感受到作者的独具匠心以及中文的魅力。如果前一句的"我想你娘"能用意译手法，译为"I want to sleep with your mom."，对读者理解下面的翻译更有利，也能与下文相呼应。或者可以在翻译了"date-topped buns"以后，补充说明这代指了"breast"，帮助读者快速理解。

　　例 5　我奶奶是否爱过他，他是否上过我奶奶的炕，都与伦理无关。（莫言，2012：12）

Whether my grandma ever loved him or whether he ever lay down beside her on the kang has nothing to do with morality. （Goldblatt, 2013∶15）

这里所说的"上奶奶的炕",并不是简单地爬上炕,而是暗指不清不楚的男女关系,也是讳俗的一种。葛浩文点明了内在含义,用是否睡在奶奶身边来替换,仍然有些隐晦,但是比原文更加清楚明白,挑明其意。对"炕"则是直接音译,因为国外并没有炕,也没有类似的,无法进行意译。正如"豆腐"这个词,由于国外没有豆腐这种食物,翻译时直接译成"tofu",但随着文化来往,外国人心中有了豆腐这个概念。将"炕"直接音译,展现给外国读者,也可以增加国外读者对中国传统的了解。

2. 意译法

意译法翻译示例:

例6 罗汉,你家那个老长工他和你的奶奶不太清白。（莫言,2012∶11）

Arhat, your family's foreman something fishy between him and your grandma. （Goldblatt, 2013∶14）

"不大清白"原指品行不端,有污点,后来引申其意用来形容男女关系暧昧,牵扯不清。此处原本是老太太对"我"说的话,暗指刘罗汉和我奶奶的关系,老太太内心其实认定刘罗汉与"我"奶奶的关系不正当,但"我"年纪尚小,在"我"面前说的还是比较隐晦,也是讳俗的一种体现。葛浩文根据自己的审美,发挥主观能动性,选择意译法,将原文的"不大清白"直接译为"fishy"（可疑的）,这个词与 suspicious 词义相似,但是更多用在非正式场合,这与原文的情景相符——老太太与"我"在闲聊八卦。葛浩文对这部分的翻译很准确,不仅考虑了目的语读者的可接受性,也还原了原作的神韵。

例7 我爷爷说:"老爹,你这是在给我吃宽气顺心丸。"（莫言,2012∶127）

"Old uncle, you're just saying that to make me feel good." my Granddad said. （Goldblatt, 2013∶140）

莫言在这里用了"宽气顺心丸",是中国人惯用的一种说法,意思也就是让人宽心。中文习惯用生动形象的语言,既有趣又幽默。相较而言,英文用词给人联想的余地较小。考虑到双方文化的差异,葛浩文选择了更容易被接受的意译,简单明了,虽然失去了中文韵味,但是对目的语读者来说,这里的意译是最佳的处理方法。

例8 杀了和尚，他逃离山庄，三教九流都沾过边，后来迷上了赌钱，赌技日新月异，精益求精，铜板上的锈迹把双手都染绿了。（莫言，2012：110）

Granddad fled the village after the incident, taking odd jobs and finally getting hooked on gambling. Over time his skills improved, until the copper coins that passed through his hands strained his green finger.（Goldblatt, 2013：125）

"三教九流"旧指宗教或学术上的各种流派，也泛指社会上各行各业的人。余占鳌杀人放火，只要能活命赚钱的事他都做，所以作者在这里用了三教九流，形容他做的事多且杂。目的语读者的文化中并不存在三教九流，对于这种既有文化特色又有历史文化特色的词，强行直译只会适得其反，从而给目的语读者的阅读徒增难度。葛浩文本身是美国人，熟知美国文化，了解读者接受水平，于是他选择了读者熟知的"odd jobs"，这个词组译为零散的工作、杂活，与三教九流有些相似，而且是西方人常用的词。不过，美中不足的是，三教九流这个词具有贬义，而"odd jobs"并没有感情色彩，其中也不包括违法犯罪的事，如若葛浩文把"taking odd jobs"改为"involving various jobs even crimes"可能会更好。

3. 略译

除了常见的直译和意译之外，葛浩文还根据具体情况，对某些字句进行略译。也就是说原文没有使用避讳语，但译者使用了避讳。因为原文本来有明显的家国情仇态度，或者是一些行话、方言，译者顾虑到目的语读者的喜好，对某些冒犯性很强的词句进行了省略，用到避讳中的缺字法，此为顾全大局，因地制宜。

例9 东洋鬼子魂儿散，纷纷落在地平川。（莫言，2012：156）

Jap souls scattered across the plain, ne'er to rise again.（Goldblatt, 2013：170）

《红高粱家族》通过"我"的叙述，描写了抗日战争期间，"我"的祖先在高密东北乡轰轰烈烈、英勇悲壮的人生故事。抗日战争背景下，家仇国恨，中日关系紧张。文中对日本人的称呼也充分表现出了这种反感情绪，如"鬼子""狗娘养的"。但是译者以及目的语读者，如西方人，对日本人没有这种情绪，尤其是想要这本书走出国际，就不能带有明显的仇日情绪。虽然作者本人并未想避讳，但译者根据实际情况进行了避讳。将"鬼子"换成了客观的"日本人"。

例 10 "朋友——请不要误会——我们是八路军胶高大队——是抗日的队伍——"高粱地里那个人又在喊,"请回话,你们是哪个部分!"

爷爷说:"土八路,就会这一套。"

"Comrades—we're the Jiao-Gao regiment—anti-Japanese troops!" the man in the sorghum field yelled. "Tell me, whose troops are you."

"Damn them!" Granddad cursed, "All they know how to do is shout." (Goldblatt, 2013: 198)

说话人余占鳌本身就有双重身份,他既是杀人放火的土匪,也是抗日救国的英雄。余占鳌杀过日本人,也杀过中国同胞,但从当时形势来说,余占鳌是不遑多让的英雄。余占鳌对八路军的态度是复杂的,既有英雄的惺惺相惜,也有嗤之以鼻的仇视,所以用了"土八路"这种略有贬义的词。葛浩文既不想破坏余占鳌的人物形象,又不能抹黑八路军,于是葛浩文再次立足于译者主体性,根据自己的判断,没有使用贬义的"土八路",也没有转而用别的词替代,而是直接省略此处,避而不谈。

例 11 县长说抽大烟拔豆芽,一码归一码。(省略未译)(莫言,2012:146)

这句话是歇后语,在以前,抽大烟和拔豆苗都会一码一码地堆好,后来引出一码归一码这个歇后语。歇后语是中文中一种特殊的现象,虽然葛浩文长期在中国学习中文,但是对复杂的歇后语确实难以翻译,即使勉强翻译出来也只会让目的语读者不知所云,对上下文理解反而造成干扰,所以译者葛浩文选择直接将这句话省略不翻,这也是避讳的一种方法。此处笔者认为进行意译也是可行的,如可以译为"The county chief has said that there are differences between these two things."

避讳语作为一种特殊的语言现象,沿用至今已经成为日常生活中不可缺少的一部分。我们使用避讳语可能是出于礼貌,出于文雅,甚至可能是增加幽默感。相对于中国人,西方人说话更加直接,很少拐弯抹角,对避讳语的使用自然不太理解。翻译工作者进行翻译时,不仅要考虑某句话、某个词如何翻译,而且要充分发挥译者主体性,考虑目的语读者的可接受程度,考虑两国文化背景,再选择合适的翻译方法。从避讳语的使用可以明显地看出中外文化的差异,因此避讳语翻译研究对翻译技巧的提升,以及译者素质的提高有很大帮助。《红高粱家族》不仅是莫言的代表作,也是中国本土文学的一座里程碑。中国文坛中不乏优秀的作品,但能走出国门的少之又少,这就说明翻译工作者任重而道远。葛浩文对莫言斩获诺贝尔文学奖可以说是功不可没,他对莫言作品中各种行话、方言、委婉语、歇后语的处理是值得我们借鉴的,尽管有的地方美中不足,但我们要扬长避短,对葛浩文的译法进行分析,以提高我们对翻译的认识。

第三节 葛浩文英译《红高粱家族》中政治词汇的翻译策略探析

语言是一种用于沟通和交流的工具,它时时刻刻伴随在人们日常生活中;语言是一种社会上常见的现象,它不同于动植物之间的沟通方式;语言是人类文明的载体,它扮演着传播和传承人类文明、文化知识的角色。每一种语言都有各自与众不同的表达方式,每一种语言都包含着不同类型的词汇,如政治词汇、色彩词汇、方言词汇和文化负载词等,而且每一种词汇都有各自独特的意义。中国的政治词汇反映一定历史时期中国政治、经济和文化方面的情况,具有与时俱进的特点。随着改革开放和社会文明的进步,政治词汇不断出现在我们生活中,丰富了我们的汉语语言。

《红高粱》是莫言小说的代表作之一,里面有许多中国特色的政治词汇,吸收了中国传统文化以及中国人特有的思维方式,表达了中国社会特有的政治事务和现象,反映了中国政治制度的发展变化。中国和其他国家在文化上有着显著的差异,很多时候会有不同的表达方式,这就需要我们在翻译的过程中充分考虑本国和外国的差异。准确、恰当地翻译政治词汇意义重大,对中国的对外交往和合作都发挥着重要作用。

经过调查发现,目前国内外学者针对《红高粱家族》展开的研究日渐增多,如从《红高粱家族》英译本出发,探讨翻译俗语的方法与策略、探析葛浩文翻译《红高粱》时针对方言词汇所采用的翻译方法以及研究《红高粱》中的陌生化语言等。马雪颖于2018年对《红高粱》中的陌生化语言及其英译进行了研究,指出陌生化语言的使用是《红高粱》这部小说的特色之一,因此其从直译、意译、略译三种方法对《红高粱》中的陌生化语言做了分析和探究。2018年,高俊霞对葛浩文所译《红高粱》做了研究,具体研究内容为书中的方言词汇以及方言词的翻译方法。他表明即使在翻译方言词汇的时候会存在较大的困难,但是葛浩文先生都会提前对原文有一个正确的理解,然后采用多种方法,都正是这样才使得译文在很大程度上重现了原文方言的艺术效果与艺术作用（高俊霞，2018）。2017年张小妮对《红高粱家族》英译本中的俗语翻译方法进行了研究，指出《红高粱家族》中俗语是大众在长久的生活中获取的生活经验的高度总结，是众人智慧的结晶，也是中国文化中最具有本土特色的一部分，主要的翻译方法有直译、意译和和套译。2019年，池新洁对《红高粱家族》英译本中使用的翻译策略进行研究，并指出在需要保持读者期待视野时，葛浩文会采用意译、套译、转换、创造、省略等翻译策略来确保读者阅读活动顺利进行。在需要拓展读者期待视野时，葛浩文会采用直译、增译、音译、造词、改译、混合法等翻译策略来传递特有的中国文化。

中国文学走出去，翻译往往是瓶颈。所以在很长的一段时间里，在走出去的过程中，中国文学作品很少能够进入西方主流市场。前人对于《红高粱》中政治词汇的研究不够深入和广泛，前人翻译的译本也很少被读者重视，因而政治词汇的翻译也渐渐被忽略。本节重点探析《红高粱》中的政治词汇所使用的翻译策略以及译者葛浩文使用这些翻译策略的动因等。

一、《红高粱》中的政治词汇

（一）政治词汇的定义

纳金凤、李少华（2010）指出：随着政治、经济全球化快速发展，中国与世界各国的交流越来越密切，在对外交往和宣传中，常常会用英语来表述具有中国特色的时事政治术语。但是不同的国家之间在社会历史背景、政治经济制度、社会文化形态以及宗教信仰上存在很大的差异，因此我们在表达中国特有的一些社会现象和专有名词时，英语中通常找不到相对应的词，更没有符合中国国情的表达法供我们使用。那么，为了使得国外读者更加了解中国的文化，以及更加有效地传播中国声音，中国人通常会使用英语的一些词和词素，使其构成一些具有中国文化特色和思维特点的新的表达方式。

（二）中国政治词汇的分类及意义

董蒙娜（2011）提出中国的政治词汇可以分为三类：文化类、经济类、政治类。首先，文化类的词，它指代的物品只有中国才有，或者说是由中国创造出来的。比如"功夫"，功夫最早的意思是中国的和尚们锻炼身体的一种运动，它的形式与西方的拳击、摔跤完全不同。其次，经济类的词大部分都是比较形象生动的，我们也比较容易理解。比如"两手抓"，这个词对于那些文化水平较低的人来说也不存在理解上的困难。人就一双手，一手一件事情，两手都抓牢就是说两事不分主次，一件都不可以放。最后，政治类词汇的特点就是精确合理。以"一国两制"为例，英语是"one country, two systems"外国人乍一看可能会不理解，但是仔细一想"一国"表示的是世界上只有一个中国，"两制"表示的是中国大陆继续施行社会主义，而香港、澳门等将保持资本主义，其意义就显现出来了。

政治词汇的翻译有利于了解各国的政治制度、方针政策、政治立场，促进国家之间的交流与合作，所以各国在国际交流中要正确使用政治词汇。

（三）《红高粱》中的政治词汇

《红高粱》中出现了大量的政治词汇，译者对这些政治词汇进行翻译时，本着促进文化交流的原则，准确又不失流畅。《红高粱》中的政治词汇主要分为三类：

文化类的政治词汇有：

刁民吴三老　　Wu the Third, you scoundrel

贵妃娘娘　　the Imperial Concubine Yang Guifei

慈禧老佛爷　　the Old Buddha, Empress Dowager CiXi

皇太后　　the Empress Dowager

政治类政治词汇有：

土匪种　　bandit's offspring

中国共产党　　the special committee

共产党员　　Communists

国民党　　Nationalists

日本军人　　Japanese

皇协军　　puppet troops

大义灭亲　　Honour compels me to forsake family loyalty

太君　　commander

打倒封建主义，人脚自由万岁！　　Down with feudalism! Long live liberated feet!

国民大总统　　the Deputy Chief of the Military Affairs General Staff

国民总统　　President of Republic of China

国务总理　　Premier of the Republic of China

经济类政治词汇有：

杀人不眨眼　　He meted out death batting an eye
三顾茅庐　　　cottage the third time
废除科举，兴新式学校；废除八股，重视科学教育　　Imperial Civil Sevice Examination must be discarded and replaced by modern school, and the ossified eight part essay must give way to forms of scientific education

对于书中的这些政治词汇，葛浩文根据不同词汇的特点与含义，在翻译它们的时候采用了不同的翻译方法，目的是希望通过译文为目的语读者带来身临其境的阅读体验，同时确保读者对原文思想有准确而且直观的理解。

二、葛浩文英译《红高粱》中政治词汇的翻译策略解读

（一）异化策略

异化策略就是在进行语言转换的时候，也就是把源语翻译成目的语的过程中，译者尽量不要去打扰或者是改变原作者的意思，相反要让读者去贴近作者，向作者靠近，站在原作者的角度去思考、去翻译。在翻译过程中，译者要尊重原语言国家文化及其语言特点，吸收并且借鉴原作者习惯的语言以及表达方式，采用与作者相同的源语表达方式来传达原文内容。异化策略通常包含以下几种翻译方法。

1. 直译法

直译法并不是逐字逐句硬译原文字面意思，而是指译文既要保留原文的表达形式，又要传达出原文的中心内容，使读者易于阅读与理解。

例1　一九三九年古历八月初九，我父亲这个土匪种十四岁多一点。（莫言，1986：3）

The ninth day of the eighth lunar month, 1939.My father, a bandit's offspring who had passed his fourteenth birthday.（Goldblatt, 2003：3）

"土匪"指的是当地以抢劫、强买强卖等不正当行为为生的团伙或其成员。土匪以抢劫、勒索获得的不义之财为生。他们根本不把法律放在眼里，甚至破坏法律和社会秩序，个性猖狂、放荡不羁、肆意妄为。以下是"种"在不同领域的不同含义：①生物或物种分类的基本单位；②人种，种族；③量词，表示式样、类别；④指骨气或胆量。文中例句里的"土匪种"的"种"采用的是这里的第二种含义，也就是指具有共同遗传和共同起源特征的人群。"bandit"翻译成土匪，"offspring"翻译成后代，"bandit's offspring"就

是土匪的后代，就是跟土匪有共同遗传和共同起源特征的人群，也就是土匪种。这里用直译法能够更加简单、清楚地表达原文的意思，让读者对原文的理解更容易。

例2 打倒封建主义，人脚自由万岁！（莫言，1986：38）

Down with feudalism! Long live liberated feet!（Goldblatt，2003：42）

"人脚"是相对于"小脚而言"的，因为在封建社会，女性的脚不能自然发育，小脚对于女人来说是非常重要的。"我"奶奶不到六岁就开始缠脚，日日加紧。"我"的母亲也是小脚，当时肯定也受了很多罪，所以每当"我"看到母亲的小脚心里就特别难过。因此，对于例句中主人公"我"心中的呐喊，译者翻译成了"Long live liberated feet!"。"liberated"翻译为自由、解放，在文中的意思是想要打倒封建主义，让女人的脚得到自由，这里的译文准确地表达了原文的意思。

译者运用直译的方法，将这些词语和句子在源语中所包含的形象生动的文化特色和汉语的思维方式保留了下来，这样中国读者很容易理解其含义，外国读者也不会遭遇理解上的困难。

2. 音译法

小说中有一些中国特色的词汇，在英语中找不到与之对应的词，因此译者通常会采用音译的方法。这样不仅可以避免造成外文读者的不理解，还可确保译文的忠实与流畅。

例3 父亲记得，奶奶扑地跪倒，对着酒瓮，磕了三个头。（莫言，1986：31）

Father recall how she had fallen to her knees and kowtowed three times to the vat.（Goldblatt，2003：34）

"磕头"也是中国古老的长幼尊卑文化，"磕头"，文言称为"叩首"，白话称为"叩头"，俗话称为"磕头"。"磕头"是古时候的一种礼仪形式。如今，在一些重大节日的时候，有的地方依旧会使用跪拜和磕头的礼仪。这里的磕头译者翻译成了"kowtowed"。本可以用英文"knock one's head"来表达"磕头"，但是这里的磕头不一样，是"奶奶"磕头，她心中有着仇恨，有对刘罗汉大爷不屈精神的敬佩之情，比较庄重。另外，"磕头"也是中国古老的文化传统，译者用"kowtow"这个词恰到好处地表达了原作者的意图，忠实再现了原文的文化内涵，使读者从"kowtow"这个外来词上品味原作的深刻含义。

在英译这本小说中大多数人名的时候，译者都采用了音译的方法。比如我爷爷"余占鳌"译为"Yu Zhan'ao"，占鳌就是独占鳌头的意思，代表这个人比其他人都厉害，也就是说他是一个实力很强的人。又如，我奶奶"戴凤莲"译为"Dai Fenglian"，小说故事的叙述者"豆官"译为"Douguan"等。在《红高粱》这本小说中，豆官是九儿的儿子，其实她还有一个女儿名字叫琪官。"豆官"的命名反映出了九儿心中的愤怒，因为她的嫂子想要迫害她，所以引用了诗句"煮豆燃豆萁"这一典故来暗示"妯娌残杀"这一行径。第二则是因为九儿的嫂子有根深蒂固的重男轻女的思想，而在世人眼中豆萁比豆子要卑贱的多，所以取名为琪官也可以暗示为豆萁，豆官则是豆子的意思，他们的取名用来讽刺嫂子具有严重的重男轻女思想。译者将豆官音译成"Douguan"，并没有通过意译解释豆子（bean）的价值，没有体现作者取名的意图。

3. 直译加文内注

直译加文内注即附注式译法。对于一个句子直接生硬地翻译，这样势必会让读者难以理解句子的含义，这时就需要运用加注的手段，为的是弥补两种语言功能、形式、文化上的差异，尽量弥补源语意义在目的语中造成的词语空缺。中国的政治词汇包含了很多缩写词，这一类词表达比较简单，却有着丰富的内涵，意义深刻。但是，译者翻译的时候不能随意增减其中的措辞和用字，因为这一类词具有很强的政策性。一般而言，单独用直译或意译方法都达不到想要的效果，所以译者需采用直译加注释的方法，以避免读者为看单独的 Note 而中断全文的阅读，同时使汉语原有政治词汇的语言特色得以保留。

例4 缺了一块砖，焦灼的牛郎要上吊，忧愁的织女要跳河……（莫言，1986：7）

Octans, the glass well, missing one of its tiles; the anxious Herd Boy (Altair), about hang himself; the mournful Weaving Girl (Vega), about to drown herself in the river...（Goldblatt，2003：8）

这里"牛郎"翻译成"Herd Boy（Altair）"在括号里特意标注了是牛郎星，如果不标注的话，对于"Herd Boy"外国人就会理解为羊群的男孩。同样的，"织女"翻译成"Weaving Girl（Vega）"也标注了是织女星的意思，不然外国人会将其理解为编织的女孩，从而传达不了中国的文化。牛郎织女这个神话故事出自古老的中国，织女是仙女，与凡人牛郎结合后，不再效力天庭，给天帝织云锦，因而惹怒天帝，于是天帝用浩瀚的天河将他们分隔开来，而且只允许他们每年农历七月七日短暂地见一面。相会时喜鹊在银河上给他们搭桥，称为鹊桥。译者在这里使用了直译加注的方法，可使读者更好地了解原文所要传达的意思。

例5 爹，你这一次可是做大了。好比是安禄山日了贵妃娘娘，好比是程咬金劫了隋帝皇纲，凶多吉少，性命难保。（莫言，1986：6）

Dieh, you pulled off something grand this time, like An Lushan screwing the Imperial Concubine Yang Guifei, or Cheng Yaojin stealing gifts belonging to the Sui Emperor and suffering grievously for it. (Goldblatt, 2003：16)

贵妃娘娘是古代皇上的妾，不是皇上的妻子，而是皇上后宫中的一个妃子，地位仅次于皇后和皇贵妃。对于这里的"贵妃娘娘"，译者翻译成了"the Imperial Concubine Yang Guifei"，其中"Imperial"是皇帝的意思，"Concubine"是妾的意思，旨在说明这是皇帝的一个妾，后面的"Yang Guifei"用了加注法，说明这个妾叫杨贵妃。译者没有将娘娘两个字翻译出来，因为娘娘的称呼有多种意思，在古代后宫中表达的是对妃嫔的尊称，在有些方言中可以是对婶娘或者姑姑的一种称呼等。外国读者对"娘娘"不一定了解，但是译者把杨贵妃是皇室的妃子这样一种基本意思翻译出来，就能让外国读者理解中国当时的朝廷文化。

"隋帝皇纲"一词中的"皇纲"是指中国古代朝臣或诸侯赠送给皇帝的礼物。"皇纲"实际上是一个泛称，包括所有物品，它是指实实在在存在的物品，包括金银财宝等。这里是说程咬金抢劫了皇帝的物品。外国读者并不知道皇纲是什么意思，所以作者没有翻译，而是直接翻译成Sui Emperor，Emperor是皇帝，Sui是隋朝，这里要表明的就是隋朝的一个皇帝。前面也有stealing gifts belonging to the Sui Emperor，更能让读者明白是劫了隋帝的东西。

例6 "我受中国共产党滨海特委的委托，来与余司令商谈。"（莫言，1986：190）

I've been asked by the special committee of the Binhai area to talk to you (Goldblatt, 2003：207)

中国共产党的简称是中共，在生活中我们习惯使用简称。中国共产党创建于1921年，是中国工人阶级的先锋队和领导核心，它的英文是"the Communist Party of China（简写CPC）"。在这里，"the special committee"的字面意思是"特别委员会"，用以表示中国共产党，因为中国共产党在我国意义重大，为我国作出了重大的贡献，可以说是一个特殊的委员会。译者这样处理，可避免外国读者在政治上对中国产生偏见，同样凸显了中国共产党的重大地位和作用，但是如果此处译成"the Communist Party of China"，"the special committee"对于中国共产党的光辉功绩宣传更好。

（二）归化策略

归化指的是对于源语中有本土文化气息的地方，采用目的语读者常用的语言习惯和表达方式来进行翻译，使译文符合目的语读者的习惯。也就是说，译者需要对目的语国家的语言和文化有一定的了解，这样才能得出优质的译文。归化策略翻译要求译者贴近目的语读者，也就是译者要把自己当成目的语国家的一员。要想使原作者和读者毫无沟通阻碍地进行对话，翻译者必须关注和了解目的语的文化、时代背景和意识形态，以发挥归化策略应有作用。无论采用何种翻译策略，归根结底都是希望能给读者带来更多更好的作品，带读者去领略世界各地的风采。归化策略具体表现在以下翻译方法中。

1. 意译法

意译是指根据原文的主要思想来翻译，就是需要对原文的主要意义进行总结和概括，并在充分理解以后再换一种方式表达出来，而不能像直译那样生搬硬套地翻译。在翻译的过程中，意译法通常被运用于源语与目的语文化差异较大时，这时意译法显得格外重要。

例7 那座埋葬着共产党员、国民党、普通百姓、日本军人、皇协军的白骨的"千人坟"。（莫言，1986：196）

On one stormy night lighting split open a mass grave where Communists, Nationalists, commoners, Japanese, and puppet troops were buried.（Goldblatt, 2003：213）

小说中的皇协军译者英译成"puppet troops"，也就是伪军的意思。皇协军虽然是中国人组成的队伍，但属于卖国贼汪精卫手下的部队，效忠日本天王，归日本人掌控。他们在日本占领的区域内协助日军来镇压本国的抗日人民和爱国志士，和日军一起与抗日武装作战。但由于实质上是中国人，他们一方面在日本人地盘上没有得到属于自己的完整的地位，另一方面又被国人视为日军的走狗，所以又叫"伪军"，有时候也会被称为走狗、叛徒、卖国贼等。

例8　外曾祖父说："县长，我大义灭亲……只是……俺闺女那份家产……"（莫言，1986：145）

Magistrate, honour compels me to forsake family loyalty...but for...my daughter's property...（Goldblatt，2003：159）

大义灭亲是中国的一个成语，指的是为了维护正义，维护法律和规章制度，即使是有血缘关系的亲人违反了相关规定，也会公正地处理，不会包庇，也不会容忍。这里的"我"外曾祖父是一个很贪财的人，为了得到他女儿的那份家产，状告自己女儿私通土匪。在英语中，"your honor"及"your majesty"通常表示对法官、皇后、皇帝的尊称。因为"your majesty"就是"you who possess majesty"，表示"拥有王权的您"，所以当着君王或者身居要职的人的面，要使用"your"，不能说"my"。这里的"Magistrate"是地方法官的意思，译者并没有使用"your"，说明这个县长并不受人尊敬，或者并不是一个能够处理好事情的清廉官，故译者没有使用"your"这一词来表示尊称。"honour"是荣誉的意思，"forsake family loyalty"是说放弃家庭的忠诚，说明"我"外曾祖父为了自己的荣誉而放弃了家庭的忠诚和正义。

2. 套译法

套译法是指借助中国成语来进行翻译，因为中外文化背景之间多多少少存在一定差异，原文的形象有时候会与中国的习俗有所出入，如果译者采用直译的方法会让读者难以理解，甚至产生误解，或者会对原文的形象产生另外一种联想，从而影响原文含义的准确表达，这时候套译法就是一种比较合适的翻译方法。

例9　但人家一次两次地来请，还是不去，三次来请就难以拒绝了，刘玄德请诸葛亮，也不过是三顾茅庐。（莫言，1986：344）

But the third invitation was always difficult to turn down—did not Liu Bei manage to get Zhuge Liang to his cottage the third time he asked?（Goldblatt，2003：381）

这里的刘玄德译者翻译为刘备。刘备字玄德，但是外国读者不一定理解。刘备和刘玄德是同一个人，译者翻译成刘备可让读者一目了然。三顾茅庐也说三顾草庐。汉末，刘备经过三次拜访诸葛亮住的小屋，亲自请他出手帮助自己一同打天下，最后诸葛亮被他的诚意打动才同意出来辅佐他，后来用于比喻非常诚恳的邀请，而且是多次邀请。这里译者将原文译成"to his cottage the third time", 也就是说诸葛亮去刘备的茅屋请了他三次, 与原文的意思非常接近。译者这里没有直接按字面意思翻译, 如果直接翻译的话会引起外国读者的不理解, 而采取套译法翻译则与原句有异曲同工之妙, 能够让读者更好地读懂文章。

3. 省译法

省译法是指避免引起读者的偏见或误解, 选择性地删除一些不符合目的语读者认知的词汇和句子。对于中国特有的文化典故以及涉及政治方面的内容, 译者通常采用改写、删除等方法。

例 10　我们希望余司令加入八路军, 在共产党的领导下, 英勇抗战。(莫言, 1986：191)

We want you to join the Jiao-Gao regiment.(Goldblatt, 2003：208)

葛浩文直接将原文里的政治词汇"八路军""共产党""英勇抗战"等改译成"the Jiao-Gao regiment"(胶高支队), 直接省略了在共产党的领导下, 英勇抗战。加入了八路军, 就意味着要英勇抗战, 所以省略后面这句话对原文的意思没多大影响, 还可以避免句子重复。

例 11　爷爷说："土八路, 就会来这一套。"(莫言, 1986：189)

Grandad cursed, "All they know how to do is shout!"(Goldblatt, 2003：206)

很明显, 译者把土八路略译了。土八路即八路军, 指非正规军, 引申为土气的人, 意指当时八路军的设备不及国民党军队和日本人, 因而受到了他们的蔑视。另外,"土八路"之所以叫"八路军", 是因为他们是由八路军带领, 是一支正式的部队, 可以穿军装并且征口粮；之所以说是"土"的, 是因为他们还没有进入正规战区部队序列。译者这里略译是对八路军的一种尊重, 用"they"指代也能让读者通过前后文理解文章。

例 12　中国还是要有皇帝! 我从小就看"三国""水浒", 揣摸出一个道理, 折腾来折腾去, 分久必合, 合久必分。(莫言, 1986：288)

What China needs is an emperor! I've got it all figured out：struggle come and go, long.(Goldblatt, 2003：297)

"三国""水浒"这两个词语在中国妇孺皆知, 指代《三国演义》和《水浒传》, 是古代历史演义小说中的经典作品。但是外国人不一定了解这些古代故事名。从译文中可以看出, 译者把"三国""水浒"进行略译, 用 all 代替, 旨在避免造成国外读者对中国名著的不理解。

三、译者采取科学翻译策略的动因及启示

（一）采取科学政治词汇翻译策略的动因

1. 让读者更直接更客观地理解原文

各个国家都有专属的政治词汇，所以中国的政治词汇也是中国所特有的社会现象或专有名词。由于中国与说英语国家之间在历史背景、政治制度以及社会文化形态方面存在着很大的不同，所以译者在表达中国独特的社会现象以及专有名词时，如果在英语文化中找不到与之相对应的表达，也就是没有符合中国国情的表达方法，则肯定会阻碍译者更好地把原文思想传达给外文读者。译者采取科学翻译策略和方法，能帮助读者建立起对原文的直观理解，而且这种理解也是准确和清晰的。

比如，省译法下的例 12 中，译者将"三国""水浒"这两个中国妇孺皆知而外国人不一定了解的古代故事名省略掉了，如果翻译出来的话，外国人不一定看得懂，也不能更好地理解原文的意思。

有些政治词汇在目的语中有其对应的表达方式，但是译者葛浩文选择直译，保留汉语表达形象的修辞手段，体现汉语俗语特点和中式思维方式，传递人民群众丰富的思想内涵和无穷的智慧。这是译者采取科学翻译策略的动因之一，也是很重要的一个原因，因为翻译活动的最终目的就是让读者能够直接客观地、清晰地了解原文的意义。

2. 中国文化传播的目的

翻译过程也即文化传播过程，可使源语的文化从一个社会、地区、群体流向另一个社会、地区、群体。译者运用具体翻译策略的目的之一就是使译文促进不同地域之间的文化交流。翻译时，译者既要借鉴和吸收一些外来的优秀传统文化，同时也要把中国的优秀传统文化传播给其他国家。葛浩文在翻译《红高粱家族》这部小说的过程中，针对不同的词汇的特点，恰当而且灵活地采用了正确的翻译策略，成功搭建了将中国文化推向世界的重要桥梁，而这座桥对于促进两国人民沟通交流也起到了关键的作用。

例如，对于"老汉阳步枪"葛浩文翻译成了"Hanyang rifle"。它具有将近 50 年的生产历史。1895 年，这种步枪在中国诞生，直至 1944 年人们才停止对它的使用。这种步枪之所以被称为"汉阳造"，是因为制造该枪的地

点是在湖北省汉阳。该步枪几乎见证了民初中国所有战役，在中国兵器历史上占有一席之位。译者用音译的形式保留了其在中国这一响当当的名词，后面又加了"rifle"，不仅可以使目的语读者对中国历史上特有的枪支武器有所了解，也可以扫除作者的阅读障碍。葛浩文灵活运用了"异化"与"归化"结合起来的处理方法，同时也把中国文化的特色很好地保留了下来，更好地把中国文化传播了出去。

再比如，《红高粱家族》英译本中的福娃音译为"Fuwa"，关系音译为"guanxi"等，这些词是中国古老的文化传统中固有的词，这些词汇很好地表达了原作者的意图，忠实再现了原文的文化内涵，有利于传播中国的文化。音译是最能体现中国特色的表达方式，也最能原汁原味地保留汉语言的文化色彩。同时，由于中国人对汉语拼音或其谐音的熟悉程度比较高，在用英语表达相关词汇时，译者更倾向于使用音译的方法，这样不仅利于读者的理解，而且可以方便中国文化的对外传播。

3. 避免引起外国读者对中国的偏见

翻译中国政治词汇是对译者翻译能力的一种检验。译者对中国政治词汇的英译可以确保外国读者对中国的意识形态、政治、经济、文化状况有所了解。而且，准确、清晰地翻译政治词汇对于国家之间的来往和国家发展有着重要的意义。译者在翻译这类文本的时候需要具备"政治敏感和政治头脑"，要花时间和精力仔细琢磨和研究译文用词的政治含义所带来的影响，如果出现翻译偏差，很可能就会引起外国读者对中国的偏见。所以，要避免以词害意，引起外国读者对中国政策的误读。与此同时，中国的政治词汇在表达方式上独具特点，但译者翻译时无论在句法结构上还是在语篇连贯性方面，都要尽力使译文符合外国读者的习惯，提高译文的可读性。

比如，上文省译法下的例11。很明显，译者把土八路略译了。译者这里把土八路省略没有翻译，一是对八路军的一种尊重，二是能够避免引起外国读者的误解和偏见。

由此看出，每个国家的文化背景、社会背景和人文背景等方面都不同，所以翻译的时候要谨慎和细心，很多时候要根据不同国家的翻译习惯和表达习惯来开展翻译活动。如果发现外文读者对译文有误解或者产生了阅读障碍，译者就要改变原有的翻译方法或者另外加注释，最大力度化解误解。

4. 实现跨文化交际目的

翻译的目的就是突破语言障碍，实现跨文化交流。中国政治词汇翻译是一项非常困难而又很复杂的任务。文化是具有开放性和包容性的，它对于别国的文化具有潜在的包容和相互吸收功能，如英语和汉语中各自吸收的外来语就是很好的实例。有些中国特有名词或一些习惯用语由于长期使用，已经被英语吸收为外来语。

比如，在《红高粱家族》中，"kang"（炕）直接用中国的拼音翻译，保留了中国文化的特色，并很好地传播给了外国。再比如，"guanxi"（关系，中国的"关系"太复杂，远不是"connection""relation""tie"能表达得了的）、"Kuomintang"（国民党）、"reform and opening-up"（改革开放）等都已被西方接受。此系列直译的概括性词语，在初期使用的时候，需要加译注或解释性的翻译，但被外国人熟知之后就可以独立使用。翻译中的直译和音译方法较好地保留了源语文化中的文化特色，也能更好地将中国的文化传播出去，达到跨文化交流的目的。

（二）采取科学政治词汇翻译策略的启示

小说《红高粱家族》是莫言具有代表性的一部作品，展现了中国当代作家高超的写作能力，同时其译本也彰显了葛浩文过人的翻译水平，而且在向世界传递中国文化方面起到了至关重要的作用。《红高粱》以其独特的文化内涵和艺术魅力，越来越被说英语国家的读者所接受。在中国历史上有许多出名的小说，其中只有一小部分被外国读者接受，英语版的《红高粱》是广大外国读者所欣赏中国作品的代表。《红高粱》的英文版打破了中国文学在英美国家的不利局面，将中国文学带入了世界文学的中心舞台。本文的政治词汇承载了丰富的文化内涵，在对外交流和传播中起着重要作用。对政治词汇的翻译之所以要用到上文所述科学方法和策略，是因为它具有中国政治特征，这也就要求译者对政治敏感，有政治头脑。特别是对于那些涉及党的政策、国家利益、政治方针、领土主权等方面的词，译者要仔细研究它们的政治含义，译出它们的真实内涵。另外，翻译这类文本，译者也要对字、词、句进行仔细分析，以让读者更直接客观地了解原文。

小说《红高粱家族》英译本之所以能够在国内外获得如此高的赞誉，除了莫言独特的写作手法和小说的语言特色外，译者葛浩文的辛苦付出功不可没。在《红高粱》的英译本中，葛浩文很灵活地运用了异化和归化这两种翻译策略，始终忠实于原文而又不拘泥于原文，他从目的语读者的角度出发，修正了原文中存在的一些不足，掩盖了对事物的过度描述，缩短了冗长的段落,将富有浓郁中国特色文化的乡土作品打造成了合乎西方读者口味的大餐。从《红高粱家族》汉英政治词汇翻译片段的对比中发现,葛浩文牢记翻译的目的——"跨文化交际",非常灵活地进行创造性翻译,针对《红高粱》中的政治词汇运用了直译、意译、加注、省译等灵活多样的翻译策略和方法,为西方读者了解中国特色的政治文化奠定了坚实的基础,为以后的翻译研究带来了非常有益的参考与借鉴价值。

政治词汇是从古至今中国社会特有的,是对与政治活动有关的事物和现象的高度概括表达,短短的几个字涵盖了中国的传统文化以及中国人独特的思维方式和表达习惯,并且在中国对外交往和合作中起了重要作用。政治词汇的翻译不能只是照本逐字去翻译,更多的是要实现跨文化交际功能,传播中华文化,这就需要译者采取一些科学策略去灵活地翻译。

总而言之,葛浩文不拘一格的"创造性翻译"既规避了政治的敏感性,又传达了小说中的故事背景,增强了译本的可读性。葛浩文在英译《红高粱》的政治词汇过程中,整体上还是忠实于原著的,也尽可能地保留了原作品的原汁原味。葛浩文灵活地运用了直译、意译、音译和文内加注等翻译方法,这些翻译方法对英译《红高粱》中的政治词汇都有着不可估量的作用,也是译作成功的一部分原因。

本节在葛浩文翻译《红高粱》中所使用的翻译方法及其翻译观的体现做如下总结,见图5。

译者的主体性(葛浩文) — 中华文化观 — 《红高粱》

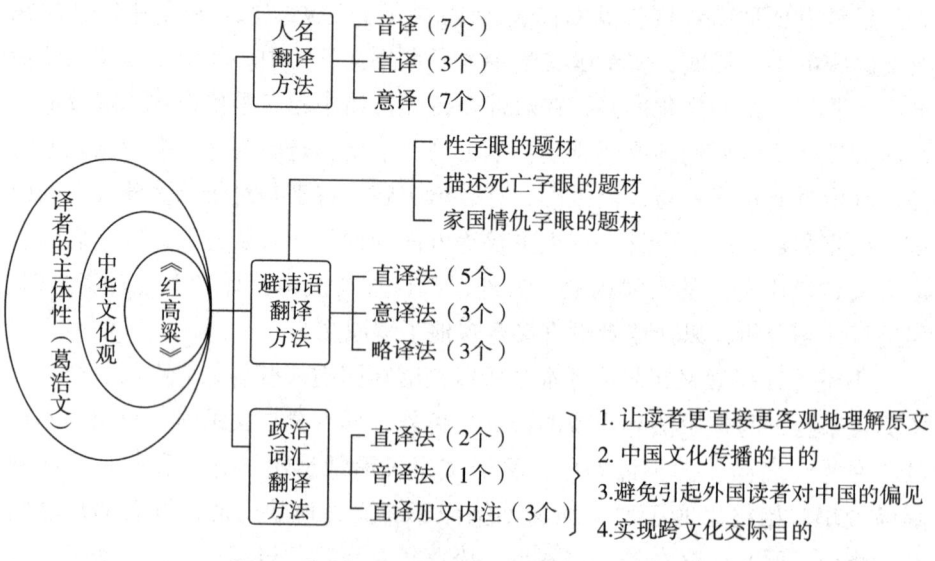

人名翻译方法
- 音译(7个)
- 直译(3个)
- 意译(7个)

避讳语翻译方法
- 性字眼的题材
- 描述死亡字眼的题材
- 家国情仇字眼的题材
- 直译法(5个)
- 意译法(3个)
- 略译法(3个)

政治词汇翻译方法
- 直译法(2个)
- 音译法(1个)
- 直译加文内注(3个)

1. 让读者更直接更客观地理解原文
2. 中国文化传播的目的
3. 避免引起外国读者对中国的偏见
4. 实现跨文化交际目的

图5 葛浩文的翻译观在《红高粱》中的体现

第六章 《檀香刑》之葛浩文英译本解读

第一节　生态翻译理论观照下《檀香刑》中的方言英译研究

随着中国的国际地位越来越高，中国文化走出去也成了必然趋势。在获得诺贝尔文学奖之后，莫言的作品得到了广泛的关注，莫言的小说被翻译成了几十种语言，而其英译本几乎都是葛浩文所译。葛浩文是美国著名的汉学家，翻译了 30 多个中文作家的 60 多部作品，是历史上翻译中文小说最多的翻译家。葛浩文作为中国当代文学外译的重要推手，将莫言的多部作品进行英译，呈现给了英语读者，如《红高粱家族》《檀香刑》《丰乳肥臀》《蛙》等。这些作品的英译受到了英语读者的好评。葛浩文在中国文学外译上作出了较大的贡献。

葛浩文翻译的《檀香刑》英译本于 2013 年出版，出版之后受到了西方读者各种各样的评论，也促使许多学术人士从多个翻译视角对其进行了研究。例如，孙会军（2014）通过比较《呼兰河传》和《檀香刑》两本著作的英译本，研究葛浩文在翻译萧红、莫言作品时如何处理人物"声音"效果的再现，考察译文是否实现了人物"声音"的再传递，最终研究结果表明葛浩文在翻译《檀香刑》时非常注意传达出人物不同的声音，取得了较好的复调效果，而在翻译《呼兰河传》时更多的是在传递原文的内容，忽视再现原文的复调效果，且在儿童语言特色及人物内心声音传递方面其译法都差强人意。杨红梅（2015）从民间叙事角度研究《檀香刑》的英译本，得出译本中较多地使用了异化策略，在意义上保留了民间叙事语言所承载的文化意象，但无法在形式上体现语言的民间性。贾立平和高晓娜（2017）从阐释运作理论的视角去研究《檀香刑》的英译本，从信任、侵入、吸收和补偿方面探析了作品中的翻译补偿，旨在为汉民族文化小说的翻译提供参考。王坤（2018）基于汉英平行语料库，对《檀香刑》中的社会称谓进行了分类，同时探究了其语义、语用特征以及译者所使用的翻译策略与翻译方法。研究发现，葛浩文灵活运用归化和异化策略，可使中国文化更好地走出去。

国内外主要从翻译理论入手去研究《檀香刑》的英译本，或者从叙述学等其他方面进行研究，但很少有学者从翻译理论的视角去研究《檀香刑》英译本中的方言翻译。方言蕴含着一个地区的文化特色，是传承地区文化的方式之一。在翻译小说时，方言的翻译尤为重要，这是本国文化向国外展示和传输的方式之一。本文从生态翻译理论的角度研究《檀香刑》中的方言英译，从"三维转换"的角度去分析方言的英译，研究葛浩文如何从三个维度去翻译方言。

一、生态翻译理论简述

清华大学胡庚申教授在 2001 年提出生态翻译理论，该翻译理论把译者视作"生态人"，强调翻译中译者的主体性，趋于"以人（译者）为本"的翻译思想。生态翻译理论强调翻译即适应与选择，也可以说翻译是译者适应生态环境的选择，译者要针对翻译环境作出适应性的选择和选择性的适应。生态翻译学的研究对象有译者生存、文本生命与翻译生态及其彼此之间相互作用的关系，它建构了以"生存·生命·生态"为基础的整体性思维方式（罗迪江，2020）。

生态翻译环境，作为生态翻译理论的核心概念，是指影响译者作出最佳适应和最优选择的多个因素的集合，并且这些因素制约着翻译主体的生存和发展，其中翻译主体包括原文作者、译者、读者、翻译发起人、赞助人、出版商、营销商、编辑等。学者方梦之（2020）认为翻译生态环境包括四个关键要素：译者、原作语境、译语语境、要素互动。生态翻译最本质的精神就是和谐关系，这种和谐关系是指译者在处理与翻译生态环境的关系时，彼此之间相互依赖、彼此适应的和谐关系，从更大范围上说是译者与原文、译文、翻译群落、翻译生态环境的共生共存关系。为此，译者在翻译的过程中要做到两个方面：第一，要处理并重建与原文、译文的生态关系；第二，要以翻译生态平衡为价值取向，以原文为基础，自觉适应生态翻译环境对文本进行移植。根据这两个方面，译者可作出一系列的选择，如文本选择、翻译策略的选择、文本风格的选择、语言特点的选择等，并且生态翻译的实质就是以译者与文本、翻译群落、翻译生态环境之间共生互存的和谐关系为价值追求的一种理论。从以上所述可知，生态翻译环境是翻译的基础。翻译生态环境由多种要素构成，包括自然的、人文的因素，等等。这些因素既制约着译者的翻译适应与选择，又是译者与译文生存和发展的基础。

"适应与选择"是生态翻译理论的基石，即译者在翻译的过程中要去选择性适应原文、源语和译语呈现的世界，同时选择出对原文文本的理解和对译本的最终表达。生态翻译理论认为翻译是译者选择性适应与适应性选择的动态过程，译者在翻译的过程中接受着"原文"所呈现的世界，并且受客观条件的制约，同时"原文"所呈现的生态翻译环境也在接受译者的选择，译者可以对翻译生态环境作出全部适应或者部分适应，又或者是放弃适应，所以译者对生态翻译环境是一种选择性适应。适应性选择即译者在适应翻译生态环境过程中作出最佳的选择，具体选择的时候既受原文所呈现的客观条件的制约，又要考虑目的语读者的语言习惯、需求和能力，以及源语与目的语之间的文化差异，而综合这些因素之后就可选择出最合适的翻译策略。胡庚申（2013）认为适应与选择相互依存、相互制约，所以最佳的译文应呈现出最和谐的状态，也就是有最高的"适应选择度"。

"三维转换"是生态翻译学中的翻译观点，即从语言、文化、交际三个维度进行适应与选择。语言维的转换是指在翻译的过程中，译者为了适应目的语读者的语言习惯，在词汇、句式、语境、语义等方面进行的适应性选择转换。由于中英两种语言在语言风格、词汇和句式的选择上存在很大的差异，其中最大的不同就是，中文重意合而英文重形和，所以译者在翻译时要进行大量的语言形式转换来进行调整，只有这样才能忠实地传递源语信息，并满足读者的习惯。由于翻译与文化息息相关，所以译者不仅要进行语言形式转换，也要理解源语背后隐藏的文化，胡庚申（2013）认为文化维的转换就是译者在翻译过程中要注重两种语言之间文化差异的保留和文化内涵的传递。中英两种语言诞生于两种完全不同的文化，即使是英汉同义词，其文化内涵以及所隐藏的文化价值观也是不同的。在翻译的过程中，要正确处理中英之间的文化差异，使两种不同文化进行信息交流，为两个不同国家的人搭起语言交际的桥梁。中西方思维方式的差异决定了中西方交际方式的不同，所以在生态翻译理论中，除了要进行语言、文化方面的转换外，更重要的是要进行交际维的转换，即在翻译的过程中，侧重交际意图，使得目的语读者可以借助翻译与源语言作者进行交流，达到交际的目的，进而促进文化交流和传播。

二、《檀香刑》及其中的方言词

《檀香刑》是莫言的一部长篇巨作，创作耗时五年。这本书把每个人物都刻画得非常深刻，具体内容主要是围绕女主人公眉娘的干爹钱丁指使眉娘的公爹赵甲使用檀香刑杀害眉娘亲爹孙丙的纷纷扰扰。书中描绘了许多人物形象，如想一展宏图的钱丁却最终发展为官场上的一颗棋子；杀人无数的赵甲虽冷血和沉着但也有软肋的存在；孙眉娘的媚、善、泼；爱国之士孙丙，一个朴实善良的戏班头子，以舍生取义的做法只为击碎人们心中的奴性，让被压迫的人们反抗，不再苟且偷生，但最后还是死于檀香刑。这本小说是以他们的自述展开的，小说语言风格浓郁，运用了许多具有清代末期时特点的高密方言。小说充满了地域文化特色，具有很深的中国传统乡土文化气息，可以从书中的方言使用、人物描写、情节描述感受到那时高密的地方文化特色。

方言是局部地区人们所使用的语言，每一个地区都有自己独特的方言，通过其语音、语法、词汇与标准语之间存在的差异来表现其独特性。方言的特点其实很明显，每一个地区的方言都展现着每一个地区独特丰厚的民族文化，反映着一个特定区域内人们特有的生活方式和思维方式，所以方言是地域文化的载体，也是该地域不断发展的产物。方言作为地方文化的一种，是地域文化的有机组成部分，也是文化的活化石。海德格尔（2004）就曾把"因地而异的说话方式称为方言"。

作为"寻根文学作家"，莫言擅长使用极具语言特色的方言词语为读者呈现高密的民族特色和生活。本文把《檀香刑》中的方言当作研究对象，从语义着手并结合莫言作品中方言词语的使用将《檀香刑》中的方言词进行了分类，具体分为时间、动物、工具、称谓、身体部位、服饰、饮食、动作、形容词、副词等十大类。如《檀香刑》书中所出现的"东南晌"是指白天十点钟左右；"夜猫子"是指猫头鹰；"铁耙齿"是指用于翻土和平整地面的农具，形状类似于牙齿；"老杂毛"是指头发白的老年人；"腮帮子"就是指"腮"；"皂衣"是指黑色的衣服；"单饼"是指用面粉烙的单层薄饼；"掴"是指用拳头打；"活络"指灵活，不拘泥，处事通达；"忒"是指太，过于等。

三、生态视角下《檀香刑》中方言的英译解读

（一）语言维度下方言的英译

葛浩文在翻译《檀香刑》的方言时进行了多个维度的转换，其中语言维的转换是适应选择最基本的要求。在进行语言维转换时，葛浩文对内容和意象的选取都是灵活的，没有拘泥，且可选取多种翻译策略，包括词语选择、句式转换、主被动形式等。

例1 一捆新牛皮绳子散发着硝碱的生涩味儿，颜色浅蓝，仿佛染了草

汁。（莫言，2017：283）

New leather straps that still gave off the pungent smell of tanning salt, light blue in color, as if grass-stained.（Goldblatt，2013：316）

"生涩味儿"在高密方言中本身是形容果实没有熟时辛麻苦涩的味道，但是在原文中是描述衙役头儿宋三给老赵甲礼品时所用新牛皮绳子所散发出的一种类似塑胶的刺激性气味。译者在处理这个词时，并没有直接寻找目的语中对应的"苦涩的"这一单词，而是选择"pungent"这一形容词来形容新牛皮绳子所散发出的令人刺鼻的味道，这一词的选择充分表现出了译者在翻译的过程中适应和翻译原文方言使用的生态环境。衙役头儿为讨好老赵甲所准备的礼品都很贵重，且刚刚出新，每件东西的气味都非常浓。这使得原文方言可在译语中准确传达相应意思，从而在译语中获得一种"适者生存"的生命力与生生不息的有机生命。

例2 这个杂种，立即就把腰杆子弯曲了，满面堆着笑，低声说："什么事儿也瞒不过您老先生的法眼。"（莫言，2012：283）

Well, the bastard bent at the waist and, with an unctuous smile, said softly, "Nothing gets past the gentleman's eyes.（Goldblatt，2013：317）

在例2中"杂种""腰杆子""满面堆着笑"中的"堆"字都属于方言，其中"杂种"在高密方言中是私生子的意思，"腰杆子"即是指腰，译者在翻译过程中适应了方言所展现出的语言特色，使用直译的翻译策略把"杂种"和"腰杆子"成功移植到英文语言环境，准确表达出了原文意思。在充分适应"满面堆着笑"这句话的生态环境，同时考虑到译本生存状态，即译语在目的语环境中的接受与传播的同时，译者从语言维的角度进行了词性转换，把动词变为名词采用了"an unctuous smile"，其意思为假情假义的笑，既表达出了衙役头儿阿谀奉承的心思，也表现出了赵甲在刑罚排场上的地位，同时又呈现出了原文的短句表达形式。

例3 肚子里有食，要脸要貌；肚子里无食，没羞没臊。（莫言，2012：314）

Nothing makes you worry about dignity like a full belly, and nothing overcomes thoughts of shame quicker than an empty one.（Goldblatt，2013：349）

译者从语言维的角度准确表达出孙眉娘非常重视自己在朱八和叫花子前"良家妇女"的形象。译语说明译者在翻译的过程中适应了原文方言所呈现的翻译生态环境，即孙眉娘想维护自己的形象但是抵不住包子的诱惑，使自己的吃相暴露在了叫花子前,然后选择了目的语读者所习惯的语言思维,把原文的肯定句变为否定句,把方言四字词"要脸要貌"和"没羞没臊"变为"dignity"和"thoughts of shame",使原文和译语的生态语言系统达到了和谐平衡的状态。

例4 胡须是被您亲手薅了去,牙齿被克罗德用手枪把子往下夯。(莫言,2012:338)

It was you who personally yanked out the hairs of that beard, and von Ketteler who knocked out my teeth with the butt of his pistol.(Goldblatt,2013:375)

"薅"和"夯"是典型的东北方言,其意思分别为连根拔起、用力打,译者用"yank out"(猛抽)和"knock out"(击倒)这两个词去表达,传神地表现出了钱丁对孙丙所施之刑是多么残酷,也表现出了孙丙对钱大人的愤怒。这两个词的使用说明译者并不单纯追求语言转换上的对等性,还关注译语在目的语生态环境中的生命长短。而且,译者为使译文长存将最后一句话被动语态改成了定语从句,更符合目的语读者的习惯。

(二)文化维度下方言的英译

文学作品中有许多特有的文化词汇,包含着一个国家所特有的文化,所以译者在翻译的过程中要注意源语与目的语文化之间的不同和空缺,要避免基于目的语文化去翻译原语言,而导致原文意思及文化内涵被曲解。译者在翻译的时候要翻译出词汇的深层文化,从而达到文化交流的目的。葛浩文在翻译方言时进行文化维转换所采取的方式有:保留文化形式进行直译,或音译或保留文化内涵运用替换的方法。

例5 衙役头儿一躬到地,高声唱道:"老爷,您就请好吧!"(莫言,2012:285)

The man bowed and proclaimed loudly, "It will be as you say, Laoye."(Goldblatt,2013:318)

"老爷,您就请好吧!"这一句是地道的北方方言,"老爷"是中国文化中特有的词汇,译者采取了音译的方法。"Laoye"这一音译词之所以能够适应译语生态环境并且长存下来,是因为它保留了方言的语言特色,表达了衙役头对赵甲的毕恭毕敬,也让外国读者感受到了中国的文化特色。读者逐渐适应了译语所呈现的世界。"您就请好吧!"意为你就放心吧,事情会办妥或办好的意思,等着听好消息。这个表达属于地道的东北方言,译为"It will be as you say, Laoye."表明译者根据自身能力，较好地适应了方言所存在的生态环境，最终较好地表达出了源语的文化特色。

例6 奶奶的个克罗德，早就知道你们欧罗巴有木桩刑，那不过是用一根劈柴把人钉死而已。（莫言，2012：285）

Damn you, von Ketteler, I know you Europeans have used wooden stakes on people, but that is simply nailing someone to a crossbar and leaving him to die.（Goldblatt, 2013：319）

在这句话中，"奶奶的"是地道的东北方言，是一种骂人的话语。译者考虑到目的语与源语生存状态之间的关系，保留了原本的文化内涵，找到能够在英文生态环境中生生不息的词"Damn you"来作为译语，"Damn you"在英文中表示愤怒和不耐烦的语气。另外，译者意识到方言"欧罗巴"所隐含的翻译生态环境即欧洲的全称为"欧罗巴洲"，所以高密人称侵略东北者为"欧罗巴"，但是这一词在外国的文化中是缺失的，为使译语能够在读者中具有较强的生命力，译者发挥自己的主动性把这个词翻译成了"Europeans"，这样可使外国读者一读就懂，也不会破坏原文所要传递的意思。

例7 俺看到，叫花子头朱八，俺多年的老友，身体侧歪在地上，像筛糠一样颤抖着。（莫言，2012：337）

I saw my old friend, the beggar Zhu Ba, lying crumpled on the ground and twitching uncontrollably.（Goldblatt, 2013：374）

"筛糠"是典型的北方方言，字面意思为用筛子左右或前后来回摇晃糠，它的引申意义为一个人在面对困难与惊吓时不知所措，身体不停地颤抖。"像筛糠一样颤抖着"这句话具有典型的中文语言特点，即内容重复。适应原文的生态翻译环境后，译者最终采取"twitching"来作为最终的译语。译者并没有对"筛糠"直接进行翻译，而用"twitching"保留了"筛糠"的文化内涵，这样可使译语和源语的生态环境达到平衡，表达出朱八当时的惨相和无能为力。同时，译者还用"uncontrollably"来进行修饰，更加形象生动、准确地传达出了作者的意图。

例8 还要你给俺准备一个熬中药的瓦罐子，一个给牲口灌药的牛角溜子。（莫言，2012：284）

And ready an earthen pot for herbal medicine along with a hollow horn used to medicate livestock.（Goldblatt, 2013：318）

例8中"牛角溜子"是典型的东北高密方言，"溜子"是指从高处向低处运送东西用的槽，槽内表面光滑，而"牛角溜子"即指用牛角做成的一个空心的槽，形状跟牛角一样。"牛角溜子"在目的语文化中是缺失的，想让译语所呈现的生命形态既适应源语方言的生态环境又适应目的语的翻译生态环境，译者采取了意译的方法，把其译为了"hollow horn"。这样可为原文方言赋予一种新的生命形式，使其在目的语读者环境中生存下来，进而使读者明白给牲口灌药的是一个空心的角。

（三）交际维度下方言的英译

交际维的转换是在语言和文化的基础上进行的，葛浩文在翻译《檀香刑》时就带着交际的目的，使西方的读者能够了解中国的历史和文化。翻译文学作品就是一个传递中国文化很好的途径，所以在翻译过程中译者要在忠实传达原文意思的同时尊重目的语读者的语言习惯和需求。葛浩文在翻译过程中采取多种翻译策略来达到交际的目的。

例9 果然是名不虚传哪：贾四包子白生生，暄腾腾，当头捏着梅花褶，褶中夹着一点红。（莫言，2012：313）

Their reputation was well earned. Jia Si's rolls, steamy white as snow, tops twisted into a plum-blossom bow, a spot of red in the center. (Goldblatt, 2013：348)

"白生生"在东北方言中是形容颜色很白，"暄腾腾"在东北方言中是形容包子柔软且有弹性。译者结合这一生态环境，并考虑到译语将要成长的生态环境，把"白生生"直译为"white"，然后用"steamy"修饰，来代替"暄腾腾"，最后增译了"as snow"，非常形象生动。这种增译的方法使译文更符合目的语读者的语言习惯，让读者与作者实现交流，使方言原文在目的语生态中得以存在和被接受。

例10 锅灶旁给俺搭一个席棚，席棚里给俺安上一口大缸，缸里给俺灌满水，要甜水不要懒水。（莫言，2012：284）

After that, put up a mat shed near the stoves, place a vat inside, and fill it with water—be sure it's fresh drinking water. (Goldblatt, 2013：318)

"甜水"与"懒水"在原文语境中是一对反义词，在北方方言中，前者指可直接饮用的甘甜水质，后者则指被污染的井水，口感极差。译者并没有直接把"甜水"和"懒水"翻译成"sweet water"和"lazy water"，这样的译语不可能在源语和译语的生态环境中生存下来。译者适应了"甜水"和"懒水"所呈现的深层生态环境，采取意译和减译的方法把"要甜水不要懒水"译为"be sure it's fresh drinking water"。译文表达不但符合英语读者的语言习惯，而且最大限度地使原文在译语生态环境中再现，原文"生命体"在译文生态环境中也得以延续和生存，从而使原文的生命"生生不息"（胡庚申，2020）。译者所要的交际目的也达到了。

例11 俺双手按地，将腿抽到前边，坐着，不跪。（莫言，2012：337-338）

Again using my hands, I moved my legs out in front to use the bench as a chair. I refused to kneel.（Goldblatt，2013：374）

这句话中出现了"按""抽""坐""跪"等多个动词，其中"按"和"抽"是典型的高密方言，其意思分别为"压"和"移动"。译者准确地考察了源语方言的生态环境，并考虑到译语的生存状态与目的语读者的阅读期待和阅读习惯息息相关，所以对这句话进行了重写，进行了词性转换和整合，用"use"来代替"按"、用"move"代替"抽"，而"use the bench as a chair"更加表达出了孙丙不屈的性格。这样，译语既存续了原文的生命形态，又在翻译生态环境中有了自己的生命，可使读者与原文作者达到交流的目的。

例12 爹说龙椅不是谁都可以坐的，如果没生着个龙腚，坐上去就要生痔疮。（莫言，2012：353）

"Not just anyone can sit in this chair," he said. "If you don't have a dragon bunghole, you'll get up with hemorrhoids."（Goldblatt，2013：392）

"龙腚"在高密方言中是指龙的臀部，也指刚刚诞下的儿子。译者在翻译过程中发挥主观能动性，考虑"龙腚"这一译文在目的语中的生存与适应，考虑了读者的好奇心，从而作出了选择，没有把"龙腚"翻译成"the son"，而是直译成"dragon bunghole"。译者直接保留了原文的意象和原文的语言特色。在后文中，孙眉娘的回答也解释了"龙腚"这个词。这样不仅可让读者了解到中国的方言并知其意思和表达方式，也可满足读者的好奇心，达到交际的目的。

四、结论

在全球化的生态翻译环境中，译者翻译《檀香刑》中的方言所得译文能够在目的语环境中生存下来，并受到广大目的语读者的欢迎，与译者的整体把握，以及适应源语与目的语的生态环境等是分不开的。译者在翻译方言的过程中使译语与生态环境达到一个和谐的状态，符合三个维度的转换，可使译本深受目的语读者的喜欢。

从语言维、文化维、交际维三个维度分析葛浩文对方言的翻译不难发现,在遭遇语言表达、文化空缺、源语与目的语之间的交流障碍时,译者可发挥主观能动性,在翻译中作出最佳的适应选择。从语言维上,译者通过词性转换、句式调整,准确传达方言所表达的意思和风格;从文化维上,译者通过直译、音译等方法来传递方言背后的中国文化;从交际维上,译者是带着交际目的去翻译方言的,会充分考虑到译语读者的语言习惯和译文的可读性。这说明译者在翻译《檀香刑》中的方言时所作出的行为都是符合生态翻译理论的,也有效地实现了生态翻译理论中的"三维"转换。

在翻译的过程中,我们要自觉适应翻译生态环境,自觉调整翻译方式,同时也要考虑到自身的翻译活动可能会对原文和译文的翻译生态环境造成影响,从而让译者与译文以及翻译生态环境这三者之间的关系达到和谐状态。这样才能使译本在翻译生态环境中生存下来,让读者最大限度地与原文的作者进行交流,同时这样也才能为传播方言文化作出努力,使中国博大精深的文化走向世界。

第二节 功能对等理论下《檀香刑》中文化负载词的英译解读

莫言,2012年诺贝尔文学奖获得者,生平经历丰富,创作出了大量的优秀作品。受时代背景的影响,其作品中擅长使用各类文化负载词。《檀香刑》一书作为莫言的代表作之一,主要讲述了在八国联军侵华、袁世凯镇压义和团背景之下,发生在东北的诸多惊心动魄的事件。整体看来,该小说的叙事方式、表达思想、语言风格以及擅长运用戏曲元素等各个方面都是莫言写作特色的集中体现,并且文中包含了许多极具民族色彩的文化负载词,在研究方面具有较高价值。

目前国内外对于莫言小说《檀香刑》的研究主要是围绕小说的叙事特点、所包含的民间文化和戏剧元素、人物性格和小说英译等方面展开的。大部分研究者都基于《檀香刑》葛浩文英译本进行英译研究,他们会探究书中方言、社会称谓语、隐喻、汉语文化词的翻译方法技巧,并总结出在翻译上主要可以采用英译法、直译与意译结合法、转译法和加译法等。其中,杨红梅(2015)指出要使具有明显文化标记的叙事语言中的文化意象得以保留,可以采用异化策略;王坤(2018)总结出葛浩文在翻译《檀香刑》中社称谓语时采用的是归化与异化策略相结合的手段。尽管文化负载词为学术界较热门的研究话题，但总的来说关于《檀香刑》一书中文化负载词的研究较少，相关文献也不够充分。本文结合美国语言学家尤金·奈达的功能对等理论分析《檀香刑》这一小说中的文化负载词，同时结合功能对等理论的四个方面分析葛浩文英译本中五类文化负载词的翻译策略，归纳总结其中的翻译技巧，旨在丰富《檀香刑》文化负载词英译策略研究，为文化负载词的英译研究提供借鉴。

一、功能对等理论概述

（一）功能对等理论简介

功能对等理论是美国语言学家尤金·奈达在翻译《圣经》的过程中，以语言学的角度，结合翻译的本质和自身积累的实践经验发展出来的一套翻译理论，该理论使源语与目的语之间的转换具有一个标准，且已被大众普遍认可。

功能对等理论的提出者奈达，依据读者的反馈不断进行完善，因而功能对等理论一直处于动态发展中。1964年，尤金·奈达在《翻译科学探索》一书中首次提出"动态对等的概念"；1986年其与瓦尔德合著的《从一种语言到另一种语言中》将动态对等修改成为功能对等；1993年尤金·奈达所著的《语言文化与翻译》一书中对功能对等进行了补充和完善，强调："翻译是用最恰当、自然和对等的语言从语义到文体再现源语的信息"。"翻译时要做到完全的对等几乎是不可能的，只能在整体上达到大致对等""应该重意义，轻形式"，而且翻译应当兼顾读者的反应，而非单纯集中于原文信息。

（二）功能对等理论中的四个方面

词汇对等、句法对等、篇章对等、文体对等是"功能对等"中的四个方面。词汇对等，指的是对于汉语言中有些词，英语中可以找到意思完全一样的词语来表示。但是由于文化背景的不同，属于两种不同语系的语言不可能所有的词汇都完全对应，一种词汇在另一语言中可能会有词义空缺的现象。当二者词义相异时，译者要在考虑读者接受范围的前提下，利用音译、直译、释译、意译等翻译策略尽可能还原源语中的文化信息，去实现词汇层面的动态对等。

英语和汉语作为两种不同的语言，在句子的长短、语序、句式等方面存在很大区别。例如，英语重结构，所以在句子中往往会使用从句和一些短语，而且这些从句和短语放置的位置也比较灵活。汉语重语义，根据表达习惯，我们常常根据内容重要性和出现的先后顺序来逐步阐述要表达的内容。二者在句法上的不同，要求我们在进行翻译时做到内容一致，同时适当改变源语和目的语的句子结构。功能对等理论下的句法对等，首先要求使句子表达的含义通顺自然，其次根据文本类型，抓住句子的核心结构，再对句子进行适当的改造（按照该语言的使用和思维习惯对句子进行拆分或者重组），注重句子的逻辑和语法，在不给人造成误解的同时又让读者在阅读译文时产生与阅读原文同样的反应。

篇章是一篇文章的主体。在进行篇章分析时，我们不仅要分析语言本身，而且要注意该语言在特定环境和背景之下所具备的含义和发挥的作用。追求篇章对等要求译者熟练把握和了解原文的上下文语境、情景语境和文化语境。译者可通过推理和语篇分析，对比上下文，了解文章背景和所归属的文化范畴，判断故事中人物的关系和情感，从而进一步确认单词或语义单位在原文语言环境下所表示的正确含义，以达到篇章对等的目的。

文体对等指文章和文学作品的体裁、形式大致相同，主要形式有散文、小说、诗歌、记叙文，其他形式包括说明文、议论文等。文体不同，则翻译作品所具有的语言特征也不同，语言风格从根本上取决于作品蕴含的文化因素，因此在对不同文体文学作品进行翻译时，文化是每个译者必须要考虑的重要因素之一。翻译过程中如果文化内涵流失，原作品就会失去它本身的价值和特色，成为一具没有"意义"的空壳。译者在翻译时要具有广泛的文化视角和文化素养，并正确处理不同文学体裁作品中的文化差异，只有这样才能使文章有"形"也有"魂"。

（三）功能对等理论在翻译中的应用

功能对等理论在翻译策略研究领域具有很好的指导作用，在翻译中使用功能对等理论可以从两个方面出发。一是要使译作既符合原文语义又体现原文文化特色。两种语言往往代表着两种不同的文化，尽管有的语言起源于同一语系，但是随着历史发展和地域因素影响，其文化等都会发生改变。文化可能有相似的因素，但是不可能尽然相同，因此完美展现原文文化的翻译作品是不存在的，那么译者只能在翻译好原文意思的层面上最大限度再现源语文化。在这种情况下，译者翻译时要遵从"忠实"和"通顺"的原则，要让译文读者产生与原文读者大致一样的反应，首先就要保证译文通顺自然，表达形式恰当易懂（匡媛媛，2016）。在翻译时，译者要在保证原文与译文意义相同的情况下进行翻译，之后根据译文是否流畅和易于理解，在"忠实"的基础上进行修缮，合理运用增译、减译等翻译技巧，让词语和句子在其包含的文化含义层面不发生冲突，使译文可以同时体现原文语义和文化特色。二是当意义与文化无法融合时，译者应当将意义对等放于首位，当无法完美再现原文含义时，可以采用重创等翻译技巧减少文化差异，具体可以适当改变译文的形式使其贴合源语文化，使源语和目的语达到意义上的对等。在汉语文化词的英译中，译者要传递出汉语文化词中的文化性和社会性，在同时正确理解原文的基础上，译者可以充分发挥自己的主观能动性，结合原文的具体语境，在目的语中找到相匹配的词语，根据目的语的语言使用习惯和规则对译文进行再创作。

二、《檀香刑》及其中的文化负载词

（一）《檀香刑》的简介

《檀香刑》是我国诺贝尔文学奖获得者莫言的一篇代表作。由于有长期在农村生活的经验，莫言的文学创作通常带有浓烈的乡土气息和民俗色彩。他在小说中擅长运用大胆的想象，使用带有神话色彩的民间传说和志怪奇谈，也会结合民族戏曲进行创作。莫言的作品深受广大读者的喜爱，也得到了学术界众多学者的高度评价和关注。莫言的作品具有很高的鉴赏价值。

《檀香刑》这一小说作为莫言极具特色和内涵的代表作，全文采用了"凤头、猪肚、豹尾"的叙事结构，整个故事围绕几个主要人物（孙丙、孙眉娘、钱丁、赵甲等）展开，同时以刽子手赵甲对孙丙执行"檀香刑"为主线引出其他刑法。另外，其还描写了孙眉娘与钱丁之间的爱情纠葛。通过对几个主人公的刻画，小说向我们展示了当时时代背景下，社会各类人的性格特点，而具体故事也是当年戊戌变法、义和团运动和一系列民间反殖民斗争事件的再现，因而小说中使用了丰富的文化负载词进行描述。

（二）文化负载词的定义和分类

文化负载词又叫作文化独特词（文化内涵词），"文化负载词"这一概念最早由许国璋提出。

文化负载词的关键在于文化二字，文化在世界各地有许多定义，其中普遍被接受的观点是"文化是包括知识、信仰、艺术、道德、法律、习俗和任何人作为一名社会成员所获得的能力和习惯在内的复杂整体"。有学者将文化定义为信仰和惯例的集合。自然环境和语言等的不同使不同国家拥有了各具特色的民族文化，而在这种文化基础上不断进行社会活动和语言交流，可衍生出一种深深打上某一语言社会地域和时代烙印，用来表示某一种文化所特有的事物或者概念的词。这类词承载了某一地区丰富的文化内涵，但是往往又只存在于某一种文化中，在另一种文化中是空白的。就英语与汉语两种语言来说，它可以从两个方面进行理解。一方面它指的是汉语文化中具备但英语文化中不存在或者存在于英语文化却不存在于汉语文化中的词语。另一方面，指在英语和汉语文化中同时具备，但是在两种文化背景下所代表的含义和用法不一样。

关于文化的种类，学术界说法不一，普遍接受的是尤金·奈达关于文化分类的观点，他将文化分成五类：生态文化（ecology culture）、物质文化（material culture）、社会文化（social culture）、宗教文化（religious culture）和语言文化（linguistic culture）。结合奈达的分类，本论文对《檀香刑》这一文学作品中文化负载词的英译进行探究时，可以从生态文化词、物质文化词、社会文化词、宗教文化词和语言文化词五方面出发。

（1）生态文化词。其主要反映某一特定地区的气候特点、自然环境和地理环境。这类词语对于不了解该地区自然条件和环境特点的人而言，在理解上有一定难度如南方的人就很难想象北方鹅毛大雪的情景。

（2）物质文化负载词。其反映了某一语言文化群体下的人们所创造的物质文化的特点，它是能够反映某一民族人们日常生活的词汇，包括人民日常生活所需要的工具、装备、产品等。受不同人种、语言、思维信仰、地理环境的影响，在不同文化的指导和熏陶下，人类往往通过社会活动创造出不同的物质文化词，如麻将、火锅、衙门。

（3）社会文化负载词。其反映了人类和环境相互作用之下形成的某一文化现象。社会指的是人类和环境共同形成的整体，社会文化是与基层广大群众生产和生活实际紧密相连，由基层群众创造，具有地域、民族或群体特征，并对社会群体施加广泛影响的各种文化现象和文化活动的总称，而相关词语我们可称为社会文化词。生活在不一样的社会中的人有不一样的社会习俗和文化，它们往往是抽象的，可以是一种制度、一种称呼或者是默认的一种观念，如亲属称谓、颜色或者数字所代表的含义。具体在称谓上，我们有叔叔、舅父等称呼。

（4）宗教文化负载词。宗教是人类传统文化的重要组成部分，以人类信仰为核心,还包括宗教组织结构(宗教组织,如教会)、行为规范、祭祀礼仪、宗教文化产物(建筑、文学作品、绘画)等方面的内容,不同历史时期、地区和民族,都可能产生不同的宗教。就中国与说英语国家而言,说英语国家普遍受基督教的影响,且文化以基督教伦理道德为核心,而中国影响最深远的宗教是道家和佛教,传统文化以儒家伦理道德为核心。在不同宗教信仰的影响下,逐渐形成不一样的宗教文化产物,产生一系列具有某一宗教特色的词语、俗语和典故等。比如,中国的"菩萨""敦煌""抱佛脚",说英语国家《圣经》中的谚语、人物等。

(5)语言文化词。不同国家使用的语言不同,不同的语言在书写、发音和语法等方面存在极大的区别。在发音方面,汉语有四个声调,英语主要以音标为主。在语法和词语的使用上,中英句子表达一般顺序不一样,而且汉语习惯使用四字成语,以及一些谚语和语气词,英语主要习惯使用不定式和从句等。

三、功能对等理论视角下《檀香刑》中文化负载词的英译解读

文化负载词只有在特定的文化语境中才是明确的,离开特定的文化背景就会出现翻译问题。在翻译过程中,译者要正确处理文化负载词翻译问题,从而在不破坏其原有文化内涵的情况下让另一文化背景下的读者接受。下文将对《檀香刑》中五类文化负载词进行探析。

(一)功能对等理论下的生态文化词赏析

生态文化词赏析示例如下:

例1 光绪二十二年腊月初八日夜间,下了一场大雪。清晨,京城银装素裹,一片洁白。(莫言,2017:200)

Peking experienced a heavy snowfall on the eighth night of the twelfth month in the twenty-second year of the Guangxu Reign, 1896. Residents awoke early to a blanket of silvery white.(Goldblatt,2012:228)

"银装素裹"指下雪后一切事物都被白色包裹,用于形容雪很大,景色很优美。该词中并没有出现雪的字眼,所以其他文化背景下的人可能会有理解上的误差,但是由于前文解释了下雪,译者在此没有再解释是下雪,而使用异化翻译策略将被白雪比喻成了一条银色的毯子,有助于读者想象当时下雪的场景。

例2 他们朝着东北方向前进,半个时辰后,越过了春水汹涌的马桑

河,进入了东北乡茫茫的原野。下午的阳光很温柔,金黄色的光线照耀着遍野的枯草和草根处刚刚萌发的绒毛般的新绿。(莫言,2017:227)

After heading northeast for an hour, they crossed the fast-flowing Masang River and entered the broad expanse of Northeast Township. Gentle golden early afternoon rays of sunlight fell on dry, withered grass and on the downy green sprouts just now breaking through the surface. (Goldblatt, 2012:258)

"春水"在汉语中一般指春天的河水和女子明亮的眼睛。在本文中,"春水"指的是春天的河水,而译者采用了省译的方法,用"Masang River"表示马桑河的春水;"茫茫"比喻无边无际,广阔而看不清楚,一般用于形容原野辽阔,译文使用了意译的方法,译为"broad expanse";"新绿"用于形容初春草木显现的嫩绿色,再结合全句中的"枯草"和"萌发"这一动作,其在此处应该理解为刚长出的绿芽,译者翻译时可以使用转换法,将此形容词译作名词"green sprouts",便于读者理解。

例3 清明节那天,下着牛毛细雨,一团团破棉絮似的灰云,在天地间懒洋洋地滚动。一大早,俺就随着城里的红男绿女,涌出了南门。(莫言,2017:16)

A light rain fell on Tomb-Sweeping Day; dirty gray clouds rolled lazily low in the sky as I walked out of town through South Gate, along with colorfully dressed young men and women. (Goldblatt, 2012:26)

"牛毛细雨指"像牛毛一样细而密的小雨,关键在于形容雨很小,译文中使用意译的方法,用"light"突出了雨十分小的特点;"破棉絮似的乌云"在汉语的表达中用于描述乌云浓密,突出当时风雨欲来的气势,译文使用"dirty"一词形容,减去了对破棉絮的翻译,但是同时也突出了原文要表达的效果。这类生态文化词对于其他文化背景下的读者在理解上往往具有困难,译者可以适当采取翻译方法避免翻译不当造成的理解误区。

(二)功能对等理论下的物质文化词赏析

物质文化词赏析示例如下:

例4 孙丙,亲家,你也算是高密东北乡轰轰烈烈的人物,尽管俺不喜欢你,但俺知道你也是人中的龙凤,你这样的人物如果不死出点花样来天地不容。只有这样的檀香刑,只有这样的升天台才能配得上你。孙丙啊,你是前世修来的福气,落到咱家的手里,该着你千秋壮烈,万古留名(莫言,2017:289-290)。

Sun Bing, Qingjia, you too are one of Northeast Gaomi Township's outstanding individuals, and though I do not like you, I cannot deny that you are a dragon among men, or perhaps a phoenix; it would be a crime for you not to die in spectacular fashion. Anything less than the sandalwood death, and this Ascension Platform would not be worthy of you. Sun Bing, your cultivation in a previous life has brought you the good fortune of falling into my hands, for I will immortalize your name and make you a hero for the ages.（Goldblatt, 2012：323-324）

"檀香刑"是小说的标题，也是指一种刑法，通过阅读原文，我们知道这种刑罚指的是用一根檀香木，从人的肛门钉进去，从脖子后边钻出来，然后把那人绑在树上，让人在不死的情况下受尽折磨。在翻译上，我们可以将其理解为一专有名词，不用一字一句解释其全部含义。檀香可以理解为施刑的檀香木，从而直译为"sandalwood"，刑罚的翻译有很多，在此译者将其译为"death"，这是词语翻译上的重创。檀香刑是残酷的，使用普通的带有刑罚含义的词语无法代替原词语中要表现的残忍意味。"升天台"旧时称对死亡的人表示怀念，意为升天。南宋时，死者火化后将其骨灰凌风扬向天空，谓之"升天"。"Ascension"字典意义为一种向上运动，此处译者采用了意译的方法，将人死后灵魂上天与星星的升起（向上改变的行动）联合在一起。"台"字采用直译的方法，译为"platform"。

例5 钱丁，你病吧，你死吧，你死了让那个尊贵的夫人守活寡吧，她不愿意守活寡她就服毒悬梁殉节当烈妇吧，高密百姓甘愿凑钱买石头给她立一座贞节牌坊。（莫言, 2017：244）

Qian Ding, be sick and die, and leave your respectable wife to her widowhood. If she chooses not to remain a widow, she can take poison or hang herself in defense of her wifely virtue and become a martyr; the citizens of Gaomi will then contribute to the purchase of a commemorative stone arch dedicated to her chastity.（Goldblatt, 2012：276）

"贞节牌坊"指中国古时候的门楼，用来表彰女性从一而终，坚贞不二的美德。古时候一些女性死了丈夫后都长年不改嫁，或在自己丈夫死时自杀殉葬，而牌坊建筑用于表彰这类女性。建筑通常是石头建成，形状类似拱门。译者在翻译时并没有将贞节牌坊当作一个完整的词语进行翻译，而是将其分割开来，并且将牌坊译为"commemorative stone"，一方面突出其纪念意义，另一方面告诉人们它的本质，添加了"dedicated to"的不定式短语。

用 "dedicated to her chastity" 修饰 "commemorative stone"，意在强调这是专门纪念女子贞洁的建筑。

例 6 她强打起精神，提着一条狗腿，两吊铜钱，曲里拐弯地穿越了一些小街窄巷，来到了南关神仙胡同，敲开了神婆吕大娘家的门她把喷香的狗腿和油腻的铜钱拿出来，放在吕大娘家供奉着狐仙牌位的神案上。（莫言，2017：127）

In an attempt to revitalize herself, she took her basket, in which she had placed a dog's leg and two strings of cash, through the town's winding streets and alleys to Celestial Lane in the Nanguan District, where she banged on the door of Aunty Lü, the local sorceress. She placed the fragrant dog's leg and greasy strings of cash on the altar to the Celestial Fox. (Goldblatt, 2012：148-149)

铜钱是中国古代货币的一种，用于商品交换，用途与现在我们使用的金钱一致，在翻译时可以使用意译的方法将其译为 "cash"，用于强调其购买的用途，但是不强调其铜的本质。对于中国的神婆，译者当用直译的方法进行翻译，具体可用 "sorceress" 一词来表达，使英语读者一看通俗易懂。狐仙是中国神话传说中的角色，狐狸可以修炼成仙并与人类来往；牌位是用于书写逝者姓名和神仙、帝王名号等，以供人们祭拜的木牌；在中国南北均有信奉狐仙的习惯。以上二者都带有浓厚的民族色彩，所以对其进行翻译时，译者采取了 "意译 + 倒译" 的方法，在句法结构上进行了适当的变化。另外，译文使用不定式结构将狐仙 "Celestial Fox" 放到了句尾，在意思表达明确的前提下，使句子结构不会重复和累赘。

例 7 一大早，俺就随着城里的红男绿女，涌出了南门。那天俺撑着一把绘画着许仙游湖遇白蛇的油纸伞，梳得油光光的头发上别着一个蝴蝶夹子。俺的脸上，薄薄地施了一层官粉，两腮上搭了胭脂，双眉间点了一颗豌豆粒大的美人痣，嘴唇涂成了樱桃红。（莫言，2017：16）

Along with colorfully dressed young men and women. I was carrying an umbrella decorated with a copy of the painting Xu Xian Encounters a White Snake at West Lake, and I had oiled my hair and pinned it with a butterfly clip. I had lightly powdered my face and dabbed rouge on each cheek, had added a beauty mark at a spot between my eyebrows, and had painted my lips red. (Goldblatt, 2012：26)

许仙与白蛇出自中国民间四大传说之一，讲述了蛇妖白素贞与人类许仙的爱情故事。译文采用增译法解释了游湖指的是西湖,原文中并没有说完整,但是按照中国的文化习惯,需要根据认知将其还原,让句子结构更加完整。油纸伞是汉族传统工艺品,是一种纸制或者布制伞,这一物质文化产品是其他民族没有的,没有相应的词语描述,所以译者采用了异化的策略,油纸伞也是现代伞的一种,可以用广义的"umbrella"表示。官粉和胭脂分别指的是中国古代女子化妆用的白粉和涂于脸颊的化妆品(通常为红色系颜料)。译文采用转换法将名词改为动词,将官粉译为了"powder",即施粉的动作。译者翻译胭脂采用了直译法,因为在英语中有相对应的词语,即"rouge"。

(三)功能对等理论下的社会文化词赏析

社会文化词赏析示例如下:

例8 刑名老夫子蹑手蹑脚地进来,递给知县一份电报。电报是山东巡抚袁世凯拍往莱州府并转高密县的,电报的内容依然是催逼高密县速速将孙丙逮捕归案,并要高密县速筹白银五千两,赔偿德国人的损失。电报还要求高密县令准备一份厚礼,去青岛教会医院,探望脑袋受伤的德国铁路技师锡巴乐,借以安抚德人,切勿再起事端。云云。(莫言,2017:225)

His aging legal secretary entered as if walking on eggshells and handed the Magistrate a newly received telegram. Sent by Governor Yuan Shikai to Laizhou Prefecture and forwarded to Gaomi County, it contained the Governor's demand that the Magistrate take Sun Bing into custody and bring him to justice without delay. The Magistrate was also told to come up with five thousand taels of silver as restitution to the Germans for their losses. Finally, he was ordered to prepare compensation for the German engineer whose head had been injured in the incident, personally deliver it to the Qingdao church-run hospital, and ensure that no more such incidents arose. (Goldblatt, 2012:256)

对于物质文化负载词,译者绝大多数情况下使用意译方法进行翻译。刑名为古代刑罚名称,也指清代主管刑事的官员,而通过后文得知此处指代的是职称,并且故事发生于晚清时期,所以可以理解为主管刑事的官员。老夫子是古时候对男子的尊称或者对教师、知识分子的称呼,此处刑名和老夫子指的是同一个人,但是此人并非说话人的教师。"aging"一词可用于描述年长的状态,同时带有一点尊敬的含义,故译为"aging legal secretary"。逮捕归案指的是将罪犯或者嫌犯逮捕、押解到司法机关(在古代指衙门或者官府）结案，在西方文化中并没有"归案"这一说法，根据时代背景和对中国文化的理解，这里应该理解为押解回衙门"take... into custody and bring him to justice"。厚礼指代丰厚的礼物或者丰厚的礼节，但是通过对上下文的分析，这里不单单是丰厚礼物的意思，前文有提到赔偿，而且送礼的目的是安抚德国人，所以译文中使用了"compensation"一词，带有赔偿的含义。

例9 孙眉娘正说得痛快，就听到那矮个黑衣人厉声骂道："荡妇，偷人偷到衙门里来了，给俺狠狠地打，抽她五十皮鞭，然后从狗道里踢出去！"（莫言，2017：245）

Meiniang's gratifying outburst was interrupted by a stern retort from the short black-clad individual,"You little slut, how dare you come whoring around the yamen. Beat her, give her fifty lashes, then kick her out through the dog door！"（Goldblatt，2012：277）

"荡妇"古多指以歌舞为业的女艺人及行为放荡淫乱的妇人。结合孙眉娘与钱丁的关系和黑衣人的话，得知其在这里表达的含义为淫乱的妇人。此处采用"直译+增译"的方法，译为"slut"，同时根据小说中人物说话的语气，这一行为是十分令不齿的，故加上"you"和"little"，带有轻蔑孙眉娘的色彩。"偷人"一词并不是指字面意思，在这里指的是男女在确认了恋爱或者婚姻关系后还与第三方保持亲密关系，有偷情的说法。西方文化中偷人一词没有这一概念，故可将其理解为嫖娼，译为"come whoring"。

（四）功能对等理论下的宗教文化词赏析

宗教文化词赏析示例如下：

例10 这油炸鬼可不是一般的油炸鬼；这油炸鬼里有檀木的香气，这油炸鬼里有佛气。咱家得了老佛爷的佛珠后，就长斋食素了。（莫言，2017：290）

I picked one up and took a bite, slowly savoring its unique sandalwood taste and its Buddhist aura. I had stopped eating meat after receiving the string of prayer beads from the Old Buddha Herself. Kindling blazing beneath the stove crackled and spit; the oil in the cauldron bubbled and popped.（Goldblatt，2012：324）

"佛气"指佛家气息，可直译为"Buddhist aura"；"长斋食素"是终年吃素的意思，多用来形容修佛信佛之人，但是素不单单指的是蔬菜，还可以是除荤类的豆制品等，因此应该适当转换一下，在译文中，作者使用了意译的方法,将其理解为常年不吃肉的意思"I had stopped eating meat"。根据我们的宗教认知,佛珠一般用于祈祷和诵经之时,译文中将其翻译为"prayer bead",这样更方便西方读者理解佛珠的用途。

例 11 本帅受玉皇大帝旨意,前来执掌神坛,聚众练拳,不日就要与那洋鬼子开战。洋鬼子都是那金兵转世,尔等都是我岳家军的传人。想那洋兵,装备着洋枪洋炮,甚是锐利,尔等素日不习武功,如何能够抵挡?上帝令我,将神拳传与尔等,练了神拳,刀枪不入,水火无侵,成就金刚不坏之躯,尔等可愿听某将领?(莫言,2017:172)

The Jade Emperor has commanded me to take control of the divine altar in order to form and train a homeborn army to make war against the foreign devils. They are the reincarnation of Jin soldiers; you will be the disseminators of the way of Yue Fei. The foreign enemy is in possession of powerful rifles and cannons, and of sharp bayonets. How will you ward off their assaults unless you master the martial arts? The Heavenly Emperor has sent me to pass on the secrets of the divine fists, whose mastery will make you impervious to their knives and bullets, unaffected by water or fire, immune to death. Are you willing to do as your general asks?(Goldblatt,2012:197)

通过对前文的了解可知,孙丙自称岳飞转世。根据岳飞所处的时代得知,这里的金兵指金朝士兵,对于朝代类词语可以使用音译法,译为"Jin soldiers";转世是佛教术语,与西方文化有相似之处,指人死亡之后,其灵魂可以投胎重生,故译者直译为"reincarnation"。"刀枪不入,水火无侵,成就金刚不坏之躯",同样也是佛教术语,喻指佛的身躯十分坚固,像铜墙铁壁一样,能够超越生死,后指普通人身体健壮,经得起各种摧残。译文中使用了"直译+增译+减译"的方法。成就金刚不坏之躯包含前面刀枪不入和水火不侵之意,只需增加还可以免疫死亡的解释,即可以让读者了解其中的含义。

(五)功能对等理论下的语言文化词赏析

语言文化词赏析示例如下:

例 12 "真真把人气煞也!"(莫言,2017:3)

"I was scared witless!"(Goldblatt,2012:13)

"真真"这一句是中国古代人们在表达情绪时常用的词语,往往起到强调的作用;"气煞"表示非常生气,十分生气的意思;"也"一词在该句式中没有具体含义,"……也"是中国古代常用的句式。此处采用省译的方法,减去了"真真"一词的翻译。

例 13 钱谷师爷走到窗前,大声说:"老爷,俗话说'兵来将挡,水来土掩',总之是天无绝人之路,您千万往宽阔里想。"(莫言,2017:251)。

The revenue clerk went up to the window and said, "There is a popular adage, Laoye, that goes, 'Confront soldiers with generals, and dam water with earth.' What that means in essence is that heaven never seals off all the exits. We urge you to take a broad view."(Goldblatt, 2012:283)

"兵来将挡,水来土掩"是中国的一句传统谚语,意思指根据具体情况采取灵活的应对方法。因为源语言中句子本身是有逻辑的,所以在翻译时可以直接将词语的意思表达出来,给予读者一样的阅读感受,而且这样可使译文与原文句式一样,词数和结构相互对称,符合中国文学作品中的审美习惯。"天无绝人之路"在汉语中比喻人在濒临绝境时,上天总会给予生的希望,译文中采用意译法,"seal off"意为封锁,"exit"是出口的意思,不会封锁所有的出口,表示总能找到解决问题的办法,可以表达出原文的语义。

例 14 "罢罢罢,"知县道,"车到山前必有路,船遇顶风也能开。"(莫言,2017:250)

"Enough," the Magistrate said, "that is enough. A carriage cannot reach the mountain without a road, but a boat can sail even against the wind." (Goldblatt, 2012:282)

"罢"在汉语语言中通常在说话或动作结束的时候用作语气词,有停下的意思,此处采用直译法。"enough"有足够、够了的含义,可以用于结束某一话题。后一句为中国谚语,比喻只要奋勇前进,任何困难都阻挡不了,事到临头自然有解决的办法,原文要表达的意思为可以找到路上山,但是译文表达的是没有路马车不能上山。对于缺乏中国文化认知的外国人而言,采用直译的方法可能难以让其理解相关含义,所以不妨使用更合适的翻译策略让译文符合其逻辑认知。后一句表达的意思是船逆风也能航行,同样表达出了只要奋勇前进,没有什么困难可以阻挡的含义。

例 15 人们笑你不知道天高地厚,笑你不知道二三得六。人们会骂你痴心妄想,猴子捞月,竹篮打水,癞蛤蟆想吃天鹅肉。(莫言,2017:126)

People will not merely laugh at you, they will hurl insults. They will mock you for thinking too highly of yourself and for your inability to think straight. They will fling abuse at you for your fanciful thoughts, for acting like a monkey trying to scoop the moon out of the lake, for drawing water with a bamboo basket, for being the warty toad that wants to feast on a swan. (Goldblatt, 2012: 148)

  这一段是孙眉娘的内心独白，主要出现了一些四字成语和谚语，其作为中国对话中常用的语言，也常出现于小说文体中，而在将其翻译成英文时译者往往需要在形式方面作出适当的转换，重点突出成语本身的含义。"天高地厚"指事情严重，关系重大；"二三得六"是为我们普遍认知的真理。在这里，不知天高地厚、二三得六用来形容一个人不知道自己的分量，搞不清自身的地位，狂妄无知，没有正常人的思考能力。此处采用意译法，并没有直接了当翻译成语表面含义，而是解释了其在中国文化中所比喻的意思"They will mock you for thinking too highly of yourself and for your inability to think straight."。"猴子捞月、竹篮打水、癞蛤蟆想吃天鹅肉"均比喻一个人不知天高地厚。这三种事情在中西方的生活中均不可能发生，所以译者翻译时侧重于谚语本身的意思，采用了"直译+增译"的方法，直接翻译出句子的含义。同时，译者还增加了"out of the water""on a swan"成分，一方面还原句子成分，使结构更加完整，便于读者理解原意，另一方面，中国小说十分讲究结构上的美感，往往会用到排比对称的句式，翻译时以介词"for"开头，后面的成分用作"fanciful thoughts"的解释成分，并且将状语结构均用于尾部，可以使句子之间互相对称，在整体上更加和谐。

  结论：随着时代的发展，中国也正在致力促进与世界各国的交流与联系，翻译是促进不同文化国家之间有效交流的必要手段。掌握巧妙翻译文化负载词的技巧，可以避免因为中外文化不同而产生理解上的偏差，让翻译在符合国外理解审美的基础上凸显民族个性，从而达到推进不同民族或国家跨文化交流的目的。

四、结语

  本节从美国语言学家尤金·奈达的功能对等理论出发，探究小说《檀香刑》葛浩文英译本中的文化负载词，并对生态文化词、物质文化词、社会文化词、宗教文化词和语言文化词五类词进行了赏析。研究发现，对于英译《檀香刑》中的文化负载词，译者基本采用意译法，但是对于某些文化负载词，译者根据对西方国家文化的了解程度等，合理运用了直译、增减译、音译等方法，只为使译文结构和表达含义趋于完整。从奈达的功能对等理论视角解读《檀香刑》译本发现，译者可以从读者的角度出发，从词汇对等、句法对等、篇章对等、文体对等四个方面处理好翻译上的问题，让读者更好地通过译文理解原文，避免民族文化在翻译过程中被曲解，真正意义上达到传播民族文化的目的。

翻译文化负载词时，译者不仅要有深厚的语言功底，还要了解不同文化的内涵和特色，只有具备百科全书式的知识架构和极致的耐心，善于运用各种翻译方法，并且通过不断的学习研究，方能翻译出优秀的译文。

第三节　汉学者石江山对《檀香刑》中的声音词研究

一、汉学家石江山简介

石江山是俄克拉何马大学英语副教授，主要研究当代美国、东西方诗学、比较文学和翻译研究。石江山是《今日中国文学》的联合创始人兼执行主编，也是北京师范大学海外中国文学研究中心副院长。他的作品有《空之诗》《洞天诗》《冬阳》《石志诗》，这是2013年国家翻译奖决赛的入围作品。2014年11月14日，在达拉斯的得克萨斯大学，石江山对葛浩文进行了采访。葛浩文和石江山都是公认的翻译家和学者，他们为中国文学在美国的传播作出了巨大贡献。

二、石江山对《檀香刑》葛浩文译本中声音的"再传递"评论

《檀香刑》这本小说中的故事发生在20世纪早期，人物来自不同的社会阶层，有文盲和识字的官员等，他们传递了不同的声音。

中文和英文之间的差异很大。中文押韵相对较容易，而用英文如此翻译则所得译文会很糟糕，或翻译起来非常困难。葛浩文非常清楚莫言是为有文化的中国读者写的，而其自己是为美国出版商和美国读者写的。如果译者想把维多利亚时代的作品体现在译作中，那肯定会失败，正如小说中有一个正式受过教育的中国官员，这个官员的情妇是一个没受过教育的中国女人，他们的语言往往就不在同一层面上。如果将其翻译成同一层面的语言，那译文就是失败的。因而，中国官员的话语听起来珍贵、高雅，而官员情妇的语言听起来应该很粗俗。

因此作为译者，必须要作出一些调整。译者不仅要抓住足够的意义，还要期待翻译出来的译文会让读者说："你知道，如果你大声地说出来，这听

起来很酷。"这就是葛浩文想做的。这意味着译者必须更加小心地选择表现一个特定人物的方式。石江山曾采访译者葛浩文，葛浩文如是所说："我花了很长时间翻译这本小说。我保证，我翻译的时间要比他写的时间长。"翻译是语言和声音的交响，哪怕只是一瞬间。

葛浩文出版的莫言小说《檀香刑》译本中，几乎每一章的开头都是咏唱，且在许多章节中，我们都可以看到歌剧的歌唱部分穿插在叙事散文之间，歌唱的诗句用斜体表示。这些段落通常以韵律和押韵的方式展开，其中包含了很多没有意义的音节，但却代表了声音，即歌剧的乐器。

石江山读了葛浩文翻译的一段歌剧，然后又读了莫言的中文原著，评价到："葛浩文的作品实际上是对莫言作品的回应，就像英语能够回应汉语一样。葛浩文不仅使用了莫言在原著中用来表现歌剧配乐的近似汉语词汇，而且他还使用了非常相似的韵律和结尾韵，所以小说中可以用汉语唱出的部分也可以用英语高声唱出，太厉害了，这足以说明葛浩文的翻译水平。"（https://chicagoreader.com/arts-culture/howard-goldblatts-life-in-translation/）

葛浩文对小说《檀香刑》中打油诗的翻译既传播了中国本土地域文化，又体现了汉语的音韵美，同时还能让目的语读者欣然接受，反映出了葛浩文为目的语读者而译的翻译观及诗学观。

第七章 葛浩文的翻译对中国文学走出去的启示

一、葛浩文对中国文化的信心及译者所具有的文化能力(cultural competence)

(一) 葛浩文对中国文化的信心

理论自信和文化自信是中国翻译的立足之本。译者需致力于传播中国文化，增强中国文化在国际上的话语权。在对外翻译传播的过程中，无论是中国的译者还是外籍译者，必须要有坚定的中华文化自信，这是对外翻译传播过程中的基石。离开中华文化自信，中国作品在国外的传播就会像浮萍，没有根，同时文学作品传播也会变成对中国形象的抹黑。因为中国经典文学作品中蕴涵了中华民族精神和中华民族品格，而只有民族的品质才能走向世界。译者在翻译过程中只有忠实于中华优秀传统文化中的思想精华，翻译出来的作品才能真正抵达新受众的内心，其喜爱和认同。

葛浩文作为汉学家，对源语文化(中国)的情感态度可以体现出其翻译策略选择，而其双重矛盾身份——热爱源语文学文化的身份、与目的语读者一样流淌着"美国血液"的身份，总能让其超越二元对立的翻译观，找到"执两用中"的翻译策略。

葛浩文坚持"存在即合理"的理念，这一理念总是指导其对翻译中出现的情况或问题进行综合考虑，具体包括译前、译中、译后等阶段的问题，同时也囊括翻译中各种微观的遣词造句。由此可知，译者是源语文化和目的语文化的协调者，翻译时译者必须不断转换身份。葛浩文在翻译这些语言时所选择的策略，会体现其对中国文化的自信等，也为中国文学"走出去"带来启示。因此译者需厘清各个要素之间的关系，以自身翻译哲学观推动中国文学走出去。

(二) 译者所具有的文化能力

随着翻译的"文化转向"，当代大多数翻译能力的概念化开始遵循功能性而非语言学方法。它们强调译者的中介作用,强调译者必须把原文文化中的某一功能转换成一种新的形式,以便其在目的语文化中发挥功能。实际上对翻译能力的定义中包含了诸如转换能力、语用能力、策略能力文化能力(内部)之类的次能力。在上述转向中,每一段文字都被看作是"一个社会的总体信仰和实践"的结果。由于文本生成和接受的惯例因文化而异,翻译实践被描述为一个跨文化事件,译者被重新定义为既精通英语和汉语,又深刻了解源语和目的语文化的跨文化中介者。

尽管翻译学者和翻译培训师就翻译能力提出了不同的概念,但大多数学者都认为文化知识和文化技能在他们建立的翻译模式中起着重要的作用。以往研究指出,过去普遍接受的共识是翻译能力应定义为高级语言能力与译语语言能力、主题和文化特定知识、源语和译语文化中文本类型惯例的知识以及翻译技巧的结合翻译人员的专业能力具体包括五项:翻译能力、源语能力、译语能力和文本能力、研究能力、文化能力和技术能力。文化能力的定义是能够利用有关地区、行为标准和价值体系的信息来描述源文化和目标文化。总体而言,文化能力指知识、态度、行为和专门知识的组合。

一定语言文化背景下的译者在翻译其他语言文化遗产时可能会遇到文化知识或典型短语方面的困难。因此,文化能力的构建对任何文本(或语言组合)翻译都有着举足轻重的作用。

葛浩文的文化能力是经得起考验的,在与中国作家和学者的交流中,有些学者会开一些玩笑或者说一些文化相关的词语,葛浩文都能对答如流。因此,他对自己的翻译作品越来越自信,认为自己做得很好,没有浪费自己或任何人的时间。

二、考虑读者的期望和反应范围

如果要讲好中国经典文学故事,使中国经典文学走出去,我们要避开国外出版中的"潜规则"——"编审为出版译作,对译作的删减调整",才能在翻译后得到广大读者的认可。中国文学不但要在物理空间上"走出去"抵达新的区域,而且要在心理空间上延伸"走进去"抵达国外当地的受众。中国文学要想走进国外受众,走进目的语读者,那么翻译时必然要考虑读者的期待。

(一)为读者翻译

从译文的选择到翻译策略的使用,读者一直是葛浩文关注的焦点。他的翻译哲学观是:"作者为他的读者写作,我为我的读者翻译。"如果没有读者和市场,翻译将失去翻译的意义。因此,葛浩文在忠实原文特点的同时,也十分重视译文的可读性和可接受性。译文既要满足西方主流读者的期望,又要达到跨文化交际目的,这样才能成功地进入西方主流市场。在原作者、原文本和读者之间,葛浩文认为"最重要的是满足读者的需求,而不是作者的需求"(季进,2009)。因此,葛浩文的许多英译本都包括了前言。在前言中,他将清楚地说明有助于读者理解的内容,如原作者介绍、对原文的一些改动等。

葛浩文在接受著名汉学家石江山采访时提出,在翻译时要保持对读者的敏感,经常考虑读者的期望和可能的反应范围;要敏锐地意识到所翻译小说面对的读者,及读者面临的文化困难。译者的这种意识可能是独一无二的,并将他们与小说家和诗人区分开来。译者必须意识到自己在结构和内容上所能承受的异化程度,考虑是否可以或者应该给读者施加一定的难度,以及在多大程度上消除存在于读者心中的文化差异。

(二)为读者选择翻译策略

作为译者,葛浩文谈到了译者对读者的责任、异化和归化策略的选择、汉语的声音处理等,并一直都反对过度理论化的异化/归化二分翻译法。葛浩文倡导的文学翻译宗旨:一是要把文学翻译出来,二是翻译的作品要吸引读者。当代文学作品中有许多押韵上口的打油诗或骈句,既反映生活哲理,又体现地域文化。葛浩文不拘一格的"创造性翻译"既传达了生活哲理,又将中国的地域文化展示给了欧美读者,益于更多的外国读者了解中国文化。另外,其还传递了源语文本中的音韵美,能较好地反映葛浩文的翻译诗学观。尽管编辑和出版商可能并不总是站在同一条战线上,但大多数人都在终极目标(读者)努力。尽管将源语言作品转换为目的语文本很艰辛,翻译策略选择不易,葛浩文还是为美国观众传达了一场文化盛宴,也体会到了将中国作家带到美国的乐趣。

(三)译文的可读性

作为文学倡导者,葛浩文非常注意文学作品的可读性。作者为他的读者写作,葛浩文为他的读者翻译。有时编辑和出版商并不在同一条战线上,他们的意见并不总是一致的。而且当译者跟编辑和出版商意见不一致时,很明显出版商说了算,编辑对成品更感兴趣。但笔者认为如果译者不调整、不解释、不插入，不使译文成为一个更容易理解的文本的话，不仅会伤害自己的读者，而且可能对自己的作品、对作者，甚至对更广泛的中国作品产生影响。因此，翻译的英文读本需要具有可读性。

三、文学作品改编成影视作品以促进文化传播

由小说改编的影视作品作为中国文化对外传播的一部分与中华文化自信紧密相连，只有坚持文化自觉与文化自信，中国影视才会在国际上拥有广阔的天地，才能更好地传播中国文化。影视中的文化分为文化符号和传统文化内涵，本文从"借船出海""造船出海""扬帆向中国"三个策略或渠道来分析如何加强影视文化的外传，同时也强调好的翻译是影视文化外传的加速剂，所以应把好翻译关，以助力影视文化的对外传播。

（一）影视中的文化与文化自信

文化自信离不开文化自觉，费孝通先生在《论文化与文化自觉》一书中说道，"文化自觉就是敢于在世界上亮相"，"祖宗传下来的好东西，我们要敢于拿出来，有文化的自觉，有文化的自信"（费孝通，2007）。文化自信内涵有两层，一是对自身文化的充分肯定，二是对自身文化国际影响力的充分认识。伴随不断推进的全球化，中华文化对外交流日益频繁，越来越多的中国影视文化作品进入国际市场、登上国际舞台，中国影视文化的影响逐渐向纵深发展。

随着"一带一路"的推行，越来越多的国人迈出国门走向世界，中华文化也随之走向全球，而中国影视作品作为在国际影视舞台中进一步展示中华文化自信的载体，体现了古老文明古国及现代大国应有的文化身份，在中国影视文化对外传播中起到了先锋模范作用。郑洞天（2014）将影视中的文化分成了两类：传统文化符号和传统文化内涵。前者属于浅层文化，后者属于深层文化，后者多通过前者体现。

（二）中国影视中的文化符号

中华文化历史悠久，影视媒体出现以前，将中国文化传播到海外的主要途径是文字。影视媒体诞生以后，逐渐成了文化符号最为便利、最为生动的载体，因为影视中的文化具有最直观、最易进入观众视野的特点。观众要"感知一种异质文化，首先接触到的是一些符号，包括独特的色彩、独一无二的图案、音响及造型等，以及由这些元素组合成的形象：图腾和人"（郑

洞天，2014）。以莫言小说改编的电影《红高粱》为例，导演张艺谋以中国民俗文化中的红色为主调来展示电影的主题。电影选取了"风中红高粱"这一意象，通过各种拍摄技术，让红高粱呈现出多姿的状态，意寓不同的心理反应。电影中最后高粱地染上了鲜血似的颜色，凸显了人类对死亡的敬畏，对生命的渴望。另外，女主人公"我奶奶"的红衣服、红轿子及其颠轿仪式，无不体现中国文化符号元素。以战争为主题的《赤壁》，其中穿插了不少中国文化符号，如汤圆、茶道、孔明灯等，但是却显得有些夹生与扭捏（杨珍，2010）。这正说明中国化符号与符号背后的深层文化内涵一致，才能让影视中的文化符号传递的文化精神更真实。

（三）中国影视中的文化内涵

优秀的电影作品往往不是单一零散地以文化符号呈现中国文化，而会将其与文化内涵中的文化精神联系起来。影视中"真正取胜的不是文化标志，而是真正的文化精神"（郦波，2017）。伦理道德和价值观最能集中体现中国电影中的传统文化内涵。中国传统文化中的孔孟之道所提倡的仁爱、忠诚，长幼尊卑等体现中国文化和中国人的价值观，将"传统文化的优秀基因植入中国影视之中，不仅可提升中华文化自信，还能增强传统文化的生命力"（杜芳，2017）。

早在16世纪，利玛窦等传教士就将中国的儒家文化介绍到了欧洲，一时轰动，引起"中国热"。18世纪，法国文豪伏尔泰深受儒家思想影响，将纪君祥的元杂剧《赵氏孤儿》改编成《中国孤儿》，在法国上演，名声享誉中外。伏尔泰"舍弃原作中的复仇主题，让暴君在道德情操面前幡然悔悟"（许明龙，1999）。新世纪，导演陈凯歌将《赵氏孤儿》搬上荧屏，反响较大，其中的传统文化内涵"义""礼""仁"无不闪耀着中华文化的精神曙光。电影中程婴等众人的善良、大义精神无不是这三字的体现。美国洛杉矶日报资深评论员兼好莱坞专职影评家认为：故事的核心是出于人道主义精神拯救仅存的赵氏孤儿，他们作出巨大牺牲换下这一微薄的灵魂，而正是这种牺牲让国内外观众产生了共鸣。它不但让中国观众疯狂接纳，也让西方的观众粉丝大为赞扬。这一"微薄的灵魂"显然是中国五千年流传不息的坚毅、刚强、正义思想体系。

新时代背景下，影视作品要有一定文化担当，才能让民族的变成世界的。

（四）影视文化对外传播策略

在中国文化走出去进程中，"电影势必要充当文化强国建设的先锋或标杆"（王一川，2018）。作为文化产品的影视要在国际影坛上占有一席之地，让中华文化自信璀璨于世界。国家文化发展国际战略研究院常务副院长李嘉珊曾提出中国文化对外传播将历经"借船出海"和"造船出海"过程，再到海外人士"扬帆向中国"（危玮、贾小华，2017）。影视文化的对外传播亦可借鉴这三个过程，使之成为影视文化传播的有效策略，发挥其文化强国的标杆作用。

1. 借船出海

在文化自信的全局观下，影视文化传播或可借鉴东方学专家霍米·巴巴的"介于二者之间"（in-between）这个概念，实现"娱乐形式+文化价值与内涵"的转型。将本土的民族文化用西方的艺术形式包装之后，所得作品既不流于形式，又具有西方人好奇猎取的东方所独有的特质。我国可与国外影视公司进行合作，如《我们诞生在中国》正是中美两国电影合作增强的标志，也是两国深入文化交流的典范。有学者言：作品中的几个中国动物文化标志（熊猫、藏羚羊、雪豹）不动声色地借电影之名让观众了解了中国文化之实，尽管它没有直白的中国功夫及口头宣扬的佛教意识形态等。

2. 造船出海

文化自信跟国家的综合实力息息相关，随着综合国力的增强，祖国的繁荣昌盛，中国电影自身制作技术水平大幅度提高，电影的娱乐性和艺术性也随之开拓更新，因而也使得电影作为文化载体的功能开始发挥得游刃有余。影片《红海行动》借鉴了好莱坞大片的制作方式，战争场面大，制作逼真，甚至在国内外主流影评网站时光网、烂潘茄上有这样的影评：《红海行动》一流的制作、国际的标准，好莱坞大片风格典范。同时在商业性与艺术性之上，其折射的是对中华优秀文化的认同，表现出了爱国主义情怀、集体主义情操、社会主义核心价值观及中国人的文化自信等。影片最后的高潮，即誓死阻拦核放射物质流失到恐怖分子之手，"艺术化地呈现了习近平总书记所倡导的大国担当和构建人类命运共同体的现实使命"（仲呈祥，2018）。

要实现造船出海，彰显中国文化自信，展示中华文化魅力，实现跨文化交流，中国影视除需挖掘打造好本土主题及民族题材之外，更要练就制作基本功,故国家应加大电影教育的力度,提高电影制作质量,以期我国影视更好地进入国际电影市场,在国际影坛中发出中国电影自信的声音,从而真正成为中国文化走出去的标杆和先锋。

3. 扬帆向中国

英国著名历史学家汤因比认为,中华文明将为未来世界转型和21世纪人类社会"提供无尽的文化宝藏和思想资源"(汤因比,1997)。中国影视业持续提升的国际影响力为中华文化的对外传播开拓了新途径,同时也吸引了海外影视投资公司的目光,从美国迪斯尼公司制作的《花木兰》到梦工厂的《功夫熊猫》都可以看到好莱坞正在深化对中华文化的认知。虽然《花木兰》没有地道地传递中国传统替父从军的女中豪杰形象,没有地道地表达中国文化,但我们不得不承认中国的优秀历史和文化真正吸引着外国人士扬帆向中国,试图从影视中了解中国文化,传播中国文化。随后梦工厂所拍摄的《功夫熊猫》则较为完美地兼顾了中国壳与中国魂,虽然有些地方表达不到位,但从中也可以看出创作者力图表达原汁原味的中国文化的良苦用心。美国平和润文化交流有限公司总裁森德·约翰逊在亚洲青年大赛高峰论坛上就曾提道:"这只拳脚功夫了得的熊猫其实是好莱坞深入了解中国文化后的产物。"与此同时,他指出:"中国日益强大,全世界不得不时刻关注中国,注意中国文化。"为了在中国影视市场占有份额,他们必须了解中国的文化,了解中国人在想什么,这从某种程度上促进了外国人士对中国文化的了解,突显了中华文化自信。

4. 攻克语言翻译关

影视中的文化通过画面和声音传递给观众,如果只有地道的画面,缺少语言解释,则会造成观众理解障碍,从而影响影视文化的对外传播,以及影视文化内涵的表达。因此,翻译的优劣直接影响到影视作品的传播和观众的接受度。好的英语翻译、外文字幕或配音是影视对外传播的催化剂(翟晓丽,2014)。优质的影视作品配上高质量的语言翻译或字幕就会使得目的语观众理解文化时豁然开朗。这就要求译者用国际化的表达方式将中国故事讲好,将中国文化表达清楚,让人既听得明白,又能信服。翻译作为影视文化外传的外部因素,也应充分发挥自己的功能,试图从语言上消除文化差异的鸿沟。以纪录篇《美丽中国》片名的翻译表达为例,在中方与BBC公司谈判过程中,尽管"wild"系列洲际动物片已拥有一个完善的制作流程,但中方明确要求加入更多的人文元素，考虑中西文化差异，因而在翻译上也有相应的变更，将原定的字面直译《野性中国》意译成《美丽中国》。较之前者，后者当属上乘，因为"野性"即为未开化、不文明的意思。如果考虑纪录片秉承中国"天人合一"的人文精神，将纪录片翻译成《生态中国》可能稍胜一筹，因其能更好地传递中国人民的生态观、环保观念。同时"wild"一词本身就具有原生态，没有遭到破坏的意思。《美丽中国》的翻译是中西文化碰撞与融合的例证，也是影视文化对外传播过程中所彰显的中国文化自信。

　　随着中国影视新力量逐渐崛起，影视文化的对外传播要有文化自信。虽可借鉴好莱坞，但不能跟风好莱坞。同时，应打破不同文化之间的隔膜，消除误解和偏见，在影视文化传播中还原真实的中国文化、中国形象，讲好中国故事。提升自身实力，开拓新的策略，严把语言翻译观，中国影视在全球化语境中就会实现飞跃发展。假以时日，中国就会实现由用主流语言讲中国故事给全球听到用汉语讲中国故事给全球听的转变。

　　本章就葛浩文翻译活动对中国文学走出去的启示，做如下总结，见图6。

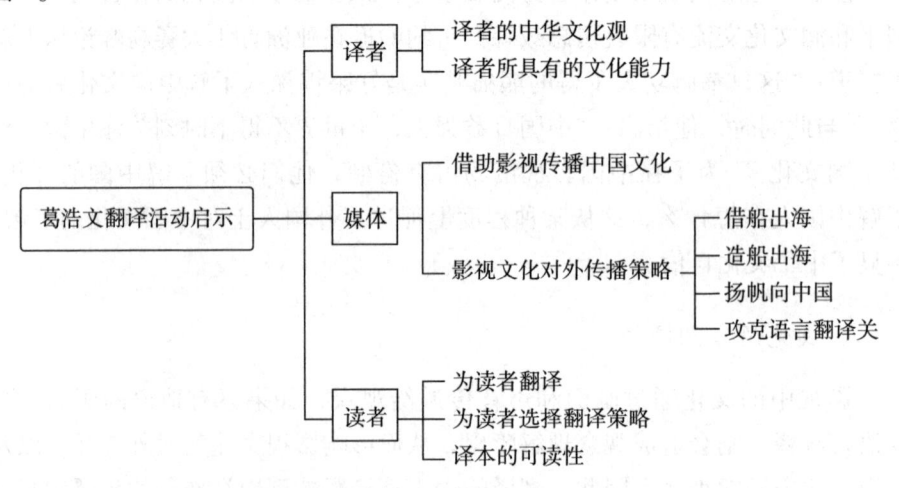

图6　葛浩文的翻译活动对中国文学走出去的启示

结　语

　　葛浩文具有的中华文化观和跨文化能力，以及对中国文学的热爱，为推动现代中国文学"走出去"提供了较好地条件。作为外籍译者，葛浩文希望自己能够正确理解小说的故事、风格和人物，尽管汉语和英语是完全不同的语言，没有共同的历史和语言根源，甚至同一文本的任何两位译者的工作都会有很大的不同，但是葛浩文被作家、学者和同事们认为是最值得信赖的译者，也是最多产的中文译者。

　　葛浩文是莫言的第一位，也是迄今为止唯一的一位英文翻译。后来，莫言被萨尔曼·拉什迪（Salman Rushdie）和过去的诺贝尔奖得主赫塔·穆勒（Herta Muller）等人嘲笑对中国政府批评不够，葛浩文承担起了捍卫者的角色。正如葛浩文自己所说，他是社会主义文艺事业的支持者，爱好者。

　　对葛浩文来说，翻译主要是为读者服务，为读者把意思表达清楚。在翻译活动中，尽量忠实于原文。在汉语中，大多数幽默是基于语言的双关语和谐音，葛浩文经常会遇到不能翻译成英语的短语或想法。葛浩文不是跳过它，或者绕过它，而是绞尽脑汁运用创造性去翻译一些类似的东西，让翻译允许所有文化的作品超越他们的母语，被世界各地的人们阅读和理解。例如：葛浩文之所以选择《檀香刑》，是因为他的翻译能够更贴近原著的声音和节奏。葛浩文的译作让外国人更深入地了解中国，这种超越语言，让截然不同的文化相互理解的能力，使翻译成为一门美丽而必不可少的艺术。

　　莫言小说获得诺贝尔文学奖后，译者葛浩文曾开玩笑说，现在莫言是诺贝尔奖得主，现在翻译莫言的小说，我得尽量忠实于原文。从前面章节的例子分析来看，葛浩文在处理与文化相关的词汇和段落方面，采用异化、直译等策略，让译语以陌生的姿态呈现在读者面前，因而实现表达上的新鲜、刺激感，促使译语读者探究源语文化。这一点恰恰符合了当前中华文化和中国文学走出去的要求，引起外国读者了解中国文化的兴趣。

文化自信的关键在于发扬优良的中国传统文化，提升人们对中华文化的认同感，甚至进一步加强中华文化在国际上的影响力。因此，翻译对于传统文化对外传播则显得尤为重要。无论是外籍译者，还是本国译者，心中都要有中华文化观，这样在翻译活动中才能让中国文化走出国门，走向世界，实现文以化人，文以载道的目的。

参考文献

[1] CHRISTOPHER LUPKE. Hankering after Sovereign Images： Modern Chinese Fiction and the Voices of Howard Goldblatt[J].Chinese Literature Today，2011（1）：21.

[2] Du P，ZHANG L，Ideology，and Poetics in Goldblatt's Translation of Mo Yan's The Garlic Ballads [J].Purdue University Press，2015（17）：3.

[3] HOWARD GOLDBLATT.The writing life [N]. Washington Post，2002-04-28（BW10）.

[4] 鲍晓英.中国文学"走出去"译介模式研究——以莫言英译作品美国译介为例[D].上海：上海外国语大学，2014.

[5] 鲍晓英.从莫言英译作品译介效果看中国文学"走出去"[J].中国翻译，2015，36（1）:13-17，126.

[6] 葛浩文.寄自美国的读者意见[J]新文学史料，1980（1）：259.

[7] 葛浩文.葛浩文文集：论中国文学[M].北京：现代出版社，2014.

[8] 胡安江.中国文学"走出去"之译者模式及翻译策略研究——以美国汉学家葛浩文为例[J].中国翻译，2010，31（6）:10-16，92.

[9] 梁丽芳.海外中国当代文学的英译选本[J].中国翻译，1994（1）:46-50.

[10] 李文静.中国文学英译的合作、协商与文化传播——汉英翻译家葛浩文与林丽君访谈录[J].中国翻译，2012，33（1）:57-60.

[11] 刘云虹，许钧.文学翻译模式与中国文学对外译介——关于葛浩文的翻译[J].外国语（上海外国语大学学报），2014，37（3）:6-17.

[12] 卢东民，孙欣.美国翻译家葛浩文其人其事[J].潍坊教育学院学报2010，23（2）：28-29，41.

[13] 吕敏宏.葛浩文小说翻译叙事研究[M].北京：中国社会科学出版社，2011.

[14] 毛文俊，付明端. 操纵理论视阈下的葛浩文翻译策略研究——以葛译莫言小说为例 [J]. 外文研究，2018，6（1）:78-82，108-109.

[15] 孟祥春. Glocal Chimerican 葛浩文英译研究 [J]. 外国语，（上海外国语大学学报），2015，38（4）:77-87.

[16] 邵璐. 翻译与转叙——《生死疲劳》葛浩文译本叙事性阐释 [J]. 山东外语教学，2013，33（6）:96-101.

[17] 邵璐. 翻译中的"叙事世界"——析莫言《生死疲劳》葛浩文英译本 [J]. 外语与外语教学，2013（2）：68-71.

[18] 宋庆伟. 葛译莫言小说方言误译探析 [J]. 中国翻译，2015，36（3）：95-98.

[19] 孙会军. 从几篇重要文献看葛浩文的翻译思想 [J]. 东方翻译，2012（4）:14-19.

[20] 孙会军. 葛译莫言小说研究 [J]. 中国翻译，2014，35（5）：82-87.

[21] 孙会军. 谈小说英译中人物"声音"的再传递——以葛浩文翻译的《呼兰河传》和《檀香刑》为例 [J]. 外语学刊，2014（5）:90-94.

[22] 孙宜学. 从葛浩文看汉学家中华文化观的矛盾性 [J]. 同济大学学报（社会科学版），2015，26（2）:95-99.

[23] 王启伟. "中国文学走出去"之翻译机制与策略——以莫言作品和《红楼梦》翻译为例 [J]. 出版发行研究，2014（8）：89-92.

[24] 文军，王小川，赖甜. 葛浩文翻译观探究 [J]. 外语教学，2007（6）：78-80.

[25] 谢天振. 中国文学走出去：问题与实质 [J]. 中国比较文学，2014（1）:1-10.

[26] 约翰·厄普代克，季进，林源. 苦竹：两部中国小说 [J] 当代作家评论，2005（4）:37-41.

[27] 张耀平. 拿汉语读，用英文写——说说葛浩文的翻译 [J] 中国翻译，2005（2）:75-77.

[28] 周领顺. "乡土语言"翻译及其批评研究 [J]. 外语研究，2016，33（4）:77-82.

[29] 成召伟，张祝祥. 费孝通的"文化自觉"思想对典籍英译的启示 [J]. 中国科技翻译，2015，28（1）：62-65.

[30] 费孝通. 费孝通论文化与文化自觉 [M]. 北京：群言出版社，2007.

[31] 刘孔喜，许明武. 翻译中的文化自觉与文化自信之思——以中西两场翻译论战为例 [J]. 西安外国语大学学报；2018，26（3）:86-90.

[32] 潘卫民，郭莹. 政治语篇翻译的文化自信——以《毛泽东选集》英译为例 [J]. 外语教学，2018，39（6）:80-84.

[33] 潘文国. 大变局下的语言与翻译研究 [J]. 外语界，2016（1）：6-11.

[34] 王萍.浅谈翻译中的文化自信[J].对外传播,2018(5):37-39.

[35] 许明武,葛瑞红.翻译与文化自觉[J].华中科技大学学报(社会科学版),2003(4):102-105.

[36] 张丹丹,韩笑.如何"讲好中国故事"——习近平《人民日报》海外版批示对中国文学外译的启示[J].外文研究,2017,5(3):92-98,110.

[37] 张佩瑶.传统与现代之间:中国译学研究新途径[M].长沙:湖南人民出版社,2012.

[38] 朱振武.翻译活动就是要有文化自觉——从赵彦春译三字经谈起[J].外语教学,2016(5):83-85.

[39] JONATHAN STALLING. The Voice of the Translator:An Interview with Howard Goldblatt[J].Translation Review,2015(5):1-13.

[40] LEFEVERE,A.Translation,Rewriting and the Manipulation of Literary Fame[M].London: Taylor and Francis Ltd,1992.

[41] Ren Shuping. Translation as Rewriting[J].International Journal of Humanities and Social Science,2013,3(18):1-3.

[42] 吕敏宏.手中放飞的风筝——葛浩文小说翻译叙事研究[D].天津:南开大学,2010.

[43] 杨梓凤,何敏.看不见的手:论意识形态对刘宇昆《三体》翻译的操纵[J].名作欣赏,2018(15):82-86.

[44] 吴赟.后翻译研究的内涵、意义与路径——根茨勒新著《后翻译研究时代的翻译与改写》评介[J].中国翻译,2017,38(5):57-61.

[45] 许多.翻译理念、翻译策略与传译路径——关于《葛浩文翻译研究》[J].外语与外语教学,2019(6):90-98,148.

[46] 朱振武,覃爱蓉.借帆出海:也说葛浩文的"误译"[J].外国语文,2014,30(6):110-115.

[47] PETER .NEWMARK.Approaches to translation[M].Shanghai: Shanghai Foreign Language Education Press,2001.

[48] 莫言.生死疲劳[M].作家出版社,2012.

[49] 包惠南.文化语境与语言翻译[M].北京:中国标准出版社,2001.

[50] 莫言.红高粱家族[M].北京:人民文学出版社,2007.

[51] 孙会军.跟葛浩文学翻译[J].英语知识,2011(7):2.

[52] 王晓元.漫谈文学作品中的人物命名及其翻译[J]中国翻译,1993(1):

32-33.

[53] 杨永和.动态顺应与中英人名翻译[J].外语与外语教学,2009(11):57-59.

[54] 骆传伟.人名翻译的策略和理据[J].外语研究,2014(2):77-81.

[55] 丁立福,方秀才.论中国人名拼译的理据[J]解放军外国语学院学报,2011,34(1):68-73,128.

[56] 彭俞霞.小说人名的翻译以《包法利夫人》为例[J].复旦外国语言文学论丛2009(1):67-70.

[57] 罗选民,杨文地.文化自觉与典籍英译[J].外语与外语教学,2012(5):63-66.

[58] 翟晓丽,张文君.中华文化自信视角下莫言小说中的人名翻译——以《生死疲劳》为例[J].湖南科技学院学报,2018,39(11):161-163.

[59] EUGENE A.NIDA.Translating Meaning[M].California:English Language Institute,1982.

[60] GOLDBLATT, H.Life and Death Are Wearing Me Out:A Novel[M].New York:Arcade Publishing,2008.

[61] 顾宇秀.文化自信视阈下岭南文化外宣翻译研究[J].智库时代,2019(1):169-170.

[62] 胡文仲.跨文化交际学概论[M].北京:外语教学与研究出版社,1999.

[63] 纪伟伟.文化自信背景下跨文化旅游翻译教学[J].中国教育技术装备,2017(4):111-113.

[64] 马龙.目的论视角下《生死疲劳》文化负载词翻译研究[D].重庆:四川外国语大学,2014.

[65] 杨静,阿古达木.《生死疲劳》中的文化负载词翻译策略研究[J].佳木斯职业学院学报,2017(2):415.

[66] 杨莎莎.基于语料库的《生死疲劳》中文化负载词英译研究[J].重庆理工大学学报(社会科学),2016,30(10):126-130.

[67] 于园.汉语文化负载词的英译研究[D].济南:山东大学,2007.

[68] 赵玉闪,陈瑞.关联理论下的《生死疲劳》文化负载词翻译[J].林区教学,2018(11):70-72.

[69] HALL,EDWARD.The Silent Language[M].New York:Doubleday and Company,1959.

[70] 爱德华·霍尔.无声的语言[M].何道宽,译.北京:北京大学出版社,2010.

[71] 窦卫霖.跨文化交际导论[M].北京:对外经济贸易大学出版社,2012.

[72] 高峰．被誉为"西方首席汉语文学翻译家"葛浩文，帮莫言得奖的功臣[J]. 环球人物，2012（28）：81-82.

[73] 韩笑．《生死疲劳》葛浩文英译本的翻译策略分析[J].安康学院学报,2018(8)：49-53.

[74] 韩子满．试论方言对译的局限性——以张谷若先生译《德伯家的苔丝》为例[J]. 解放军外国语学院学报，2002（4）：86－90.

[75] 贾玉新．跨文化交际学[M].上海：上海外语教育出版社，1997.

[76] 姜静．国外方言翻译研究三十年：现状与趋势[J].解放军外国语学院学报，2016（3）：123-132.

[77] 孙艺风．翻译与跨文化交际策略[J].中国翻译，2012（1）：16-23.

[78] 桑仲刚．方言翻译研究：问题和方法[J].外语教学与研究，2015（11）：935-944.

[79] 石红梅．跨文化语境下莫言的《生死疲劳》英译本中乡土情怀翻译手法探析[J]. 北京印刷学院学报 2020（2）：95-97.

[80] 王晓辉．论文化、跨文化意识与翻译[J].滁州师专学报.2003（1）：21-23.

[81] 王力．中国语言学史[M].上海：复旦大学出版社，2006.

[82] 许建平，张荣曦．跨文化翻译中的异化和归化问题[J].中国翻译，2002（5）：36-39.

[83] 岳国钧．元明清文学方言俗语辞典[M].贵州：贵州人民出版社，1998.

[84] 张铬．跨文化视角下英语翻译障碍及对策[J].课程教育研究，2018（36）：115

[85] 朱益平，马彩梅．跨文化视角下的民俗宗教文化旅游资料英译[J].西北大学学报，2007（11）：128-132.

[86] 张婷婷．"译者惯习"论视角下莫言小说方言英译研究[J].开封教育学院学报，2018（10）：50-53.

[87] PETER NEWMARK.Approaches to Translation[M].Shanghai：Shanghai Foreign Language Education Press，2001.

[88] 赋格,张健．葛浩文：首席且唯一的"接生婆"[N].南方周末，2008-3-27(003).

[89] 何琳．翻译家葛浩文与《中国文学》[J]时代文学（下半月），2011(2):164-166.

[90] 胡庚申．翻译适应选择论[M].武汉：湖北教育出版社，2004.

[91] 胡庚申．生态翻译学的研究焦点与理论视角[J].中国翻译，2011,32（2):5-9,95.

[92] 姚君伟. 徐迟与美国文学在中国的译介 [J]. 外国文学研究, 2005（4）: 145-149.

[93] 翟晓丽. 生态翻译观照下的《呐喊》莱尔英译本解读 [J] 湖南科技学院, 2013, 34（10）: 178-180.

[94] 郑延国. 莫言的翻译认知 [N]. 大公报, 2012-12-27（005）.

[95] LIHUA YANG.Translator's Subjectivity in Lin Shu's Translation[J].Cross Cultural Communication, 2013, 9（2）: 23-25.

[96] HOWARD GOLDBLATT.Red Sorghum[M].London: CPI Group（UK）Ltd, 2013.

[97] HUANG S.A Study of the Translator's Subjectivity in Literary Translation—Exemplified by the English Version of The Border Town[J].Open Journal of Social Sciences, 2019, 7（5）: 99-108.

[98] 陈达, 高小雅. "忠实"与"叛逆"——以葛浩文《生死疲劳》英译本为 [J]. 西华大学学报（哲学社会科学版）, 2018, 37（2）: 12-14.

[99] 郭佩英, 王玉. 阐释学视角下少数民族文学翻译中的译者主体性——以葛浩文《尘埃落定》英译本为例 [J]. 西藏民族学院学报（哲学社会科学版）, 2019（2）: 89-95.

[100] 韩德英. 阐释学理论视阈下的译者主体性研究——以葛浩文译本《生死疲劳》为例 [J]. 吕梁学院学报, 2019, 9（3）: 14-16.

[101] 贾马燕. 避讳发展略论 [J]. 西安文理学院学报（社会科学版）, 2018, 21（5）: 30-34.

[102] 李婷. 论译者的主体性及其发挥 [J]. 山西能源学院学报, 2019（4）: 15-16.

[103] 李德顺. 全面具体地看待"人的价值" [J]. 社会科学, 1987（9）: 7-11

[104] 林文韵. 从创造性叛逆的视角研究葛浩文的翻译实践——以《红高粱家族》英译本为例 [J]. 陇东学院学报, 2019（4）: 11-13.

[105] 杨兰. 葛浩文《蛙》英译本的翻译规范研究 [D]. 大连: 大连外国语大学, 2019.

[106] 杨武能. 再谈文学翻译主体 [J]. 中国翻译, 2003（3）: 10-12.

[107] 查明建, 田雨. 论译者主体性——从译者文化地位的边缘化谈起 [J]. 中国翻译, 2003（1）: 19-24.

[108] 张生祥, 张翰旭.《红高粱家族》英译本中译者话语构建策略探究 [J]. 西安外国语大学学报, 2019, 27（2）: 70-75.

[109] 张小妮. 小说《红高粱家族》英译本俗语翻译方法解析 [J]. 兰州交通大学学报,

2017（2）：25-27.

[110] 张越.文学翻译中译者主体性的彰显——以莫言《红高粱家族》葛浩文英译本为范例[J].成都大学学报（社会科学版），2017（1）：31-34.

[111] 张映先，张人石.《红楼梦》霍克思英译本中避讳语翻译的伦理审视[J].红楼梦学刊，2010（2）：306-322.

[112] SAMIA, BAZZI, YURAN, SHI.The contribution of register analysis to the translation of Red Sorghum[J].Translation and Translanguaging in Multilingual Contexts，2020（3）：211-229.

[113] WENSHENG DENG.Case Study of Howard Goldblatt's Translation of Red Sorghum—From Media-translatology Perspective[J].Theory and Practice in Language Studies，2019（8）：1015-1019.

[114] XIAOLING XIE.Review and Prospect of Research on "Red Sorghum" based on Web of Science[J].World Scientific Research Journal，2020（7）：271-279

[115] 陈保红.方言土语英译研究——以《蛙》和《红高粱家族》为个案[J].上海翻译，2018（3）：27-31.

[116] 董蒙娜.从"归化和异化"角度分析中国特色政治词汇的翻译[J].吉林省教育学院学报，2011，27（6）:74-76.

[117] 高俊霞.葛译《红高粱》中方言词汇的翻译方法探析[J].才智，2018（30）：211.

[118] 李瑟，郭海云，刘伟.关于政治词汇的汉英翻译问题[J].北京交通大学学报（社会科学版），2004（1）：65-68.

[119] 马雪颖.《红高粱》中的陌生化语言及其英译研究[J].安康学院学报，2018，30（6）:73-77.

[120] 纳金凤，李少华.论中国政治词汇的英语翻译[J].衡水学院学报，2010，12（2）:58-60，63.

[121] 孙晨阳，任天舒.读者反应论视域下的文学翻译——以《红高粱》英译为例[J].辽东学院学报（社会科学版），2020，22（3）:97-101.

[122] 张小妮.小说《红高粱家族》英译本俗语翻译方法解析[J].兰州交通大学报，2017，36（2）：16-19.

[123] GOLDBLATT, HOWARD.Sandalwood Death[M].New York：University of Oklahoma Press，2013.

[124] JERRY XIE."Hearing" Moism in Sandalwood Death：Mo Yan Thought as "the

Spirit of Petty-Bourgeois Sentimentality and Social Fantasy" [J].International Critial Thought, 2016, 6（2）:267-292.

[125] YANAN XU, YUSHAN ZHAO.Translation of Idiolect in Sandalwood Death Under the Guidance of Perspective Dimension in Construal Theory[J]. CSCanada, 2017（7）:16-18.

[126] 方梦之.论翻译生态环境[J].上海翻译，2011（1）：1-5.

[127] 方梦之.再论翻译生态环境[J].中国翻译，2020（5）：20-28.

[128] 胡庚申.生态翻译学：产生的背景与发展的基础[J].外语研究，2010（4）：62-67.

[129] 胡庚申.文本移植的生命存续——"生生之谓译"的生态翻译学新解[J].中国翻译，2020（5）：5-13.

[130] 胡庚申.翻译适应选择论的哲学理据[J].上海科技翻译，2004（4）：1-5.

[131] 胡庚申.生态翻译学：建构与诠释[M].北京：商务印书馆，2013.

[132] 海德格尔.在通向语言的途中[M].北京：商务印书馆，2004.

[133] 贾立平，高晓娜.阐释运作理论视角下《檀香刑》的翻译补偿策略[J].哈尔滨学院学报，2017（5）：113-116.

[134] 罗迪江.译者研究的问题转换与生态定位：生态翻译学视角[J].中国翻译，2020（5）：13-20.

[135] 莫言.檀香刑[M].北京：作家出版社，2012.

[136] 孙会军.谈小说英译中人物"声音"的再传递——以葛浩文翻译的《呼兰河传》和《檀香刑》为例[J].外语学刊，2014（5）：90-94.

[137] 王坤.基于汉英平行语料库的《檀香刑》中社会称谓语的英译研究[J].山东外语教学，2018（4）：111-119.

[138] 杨红梅.《檀香刑》的民间叙事及其英译[J].宁夏社会科学，2015（5）：188-192.

[139] CHUNYE YANG.On Translation Strategies of Chinese Culture-loaded Words[J]. Canadian Social Science, 2016（6）：69-74.

[140] Eugene, Nida.From One Language to Another[M].Thomas Nelson, 1986.

[141] BAKER, MONA.In Other Words：A Coursebook on Translation[M].Beijing：Foreign Language Teaching and Research Press, 2000.

[142] NIDA, E.A.Toward a science of translating[M].Shanghai：Shanghai Foreign Language Education Press, 2004.

[143] NIDA，E.A.Language and Culture：Contexts in Translating[M].Shanghai：Shanghai Foreign Language Education Press，2001.

[144] Nida，E.A.Language，Culture and Translation.[J].Journal of Foreign Languages，1998（3）：30-34.

[145] NEWMARK，P.A Textbook of Translation[M]Shanghai：Shanghai Foreign Language Education Press，2001.

[146] 爱德华·伯内特·泰勒.《原始文化》[M].桂林：广西师范大学出版社，2005.

[147] 何魏魏.汉语文化负载词的英译[J].山西农业大学学报（社会科学版），2009（3）：317-321.

[148] 匡媛媛.英汉学术翻译策略研究：功能对等理论视角[D].南京：南京大学，2016.

[149] 李娜.翻译特性视域下汉语文化词语英译中的意义再生——以《檀香刑》英译为例[J].开封教育学院学报，2015，35（11）：34-35.

[150] 孙婷.《檀香刑》的叙事策略研究[D].济南：山东大学，2015.

[151] 王坤.基于汉英平行语料库的《檀香刑》中社会称谓语的英译研究[J].山东外语教学，2018，39（4）：111-119.

[152] JONATHAN STALLING.The Voice of the Translator：An Interview with Howard Goldblatt[J].Translation Review，2015（5）：1-12

[153] 阿诺德·约瑟夫·汤因比.展望21世纪[M].荀春生，朱继征，陈国栋，译.国际文化出版社1997年

[154] 爱德华·萨义德.东方学[M].王宇根，译.生活·读书·新知三联书店，1999.

[155] 郦波.电视文化传播的使命与担当[J]电视研究，2017（6）：1.

[156] 王一川.中国电影应以文图强[J]当代电影，2011（12）：10-11.

[157] 许明龙.欧洲18世纪"中国热"[M].太原：山西教育出版社，1999.

[158] 杨珍.跨文化传播中民族文化符号意义的象征性参照——以电影《赤壁》为例[J]新闻界，2010（2）：20-22.

[159] 岳上铧.电影《赵氏孤儿》的文化内涵探析[J]电影文学，2014（9）：95-96.

[160] 翟晓丽.《舌尖上的中国》跨文化热播之启示[J]当代电视，2014（4）:18-19.